義母の寝室

睦月影郎

目次

第一章　脱衣所の下着　6
第二章　女体授業　40
第三章　父のいない夜　88
第四章　義姉と同級生　130
第五章　義母の寝室　170
第六章　羞恥の香り　215

義母の寝室

第一章　脱衣所の下着

1

「ねえ、お義母《かあ》さんってどんな感じ？　きれいな人？」

　学校の帰り、同じクラスの恵美《えみ》が後を追ってきて昭吾《しょうご》に訊いた。恵美は昭吾のことは何でも知っておきたいというように、好奇心に可憐な目をキラキラさせていた。

「うるせえな。どうってことねえよ」

　昭吾は素っ気なく言い、小学生の頃から自分にまとわりついてくる恵美を振りきるように足早に歩いた。

　それでも、恵美はパタパタと小走りに、必死についてきた。

「あの家じゃ、お父さまと二人きりは広すぎたものね。それに今も、お仕事でお帰りにならない日が多いんでしょう？」

恵美は当然、昭吾の家のことも知っていた。彼が一人っ子で、幼い頃に母親を病気で亡くしていることも。

山尾《やまお》昭吾は十六歳、高校一年生だった。

実母の記憶はあまりなく、もう十年も父親と二人で暮らしていた。面倒を見てくれた祖父母も今は亡く、商事会社を経営している父親は家を空けがちで、昭吾はほとんど一人で気ままに生活しているようなものだった。

それが、つい先月に父親が再婚したのである。

「お義母さんと、お姉さんまでいっぺんにできちゃったなんていいなァ」

恵美は昭吾とあれこれ話したくてしようがないらしい。

「お姉さんが十七歳の高二で、お義母さんがたしか三十六歳だから、十九歳で生んだことになるわね」

恵美は、大きくつぶらな目で昭吾を見上げて言った。ふんわりと前髪が眉を隠し、初夏の陽射しを含んだ黒髪の甘い香りが風にのって昭吾の鼻をくすぐった。

小学校五年から同じクラスになった恵美は、昭吾から見ても美少女の部類だったが、まだ幼く無邪気な感じで物足りない気がした。それに恵美は胸も身体も小さく、早生まれのためまだ十五歳だった。

「ね、お姉さんもきれいな人？」

「うるせえったら。早く帰れ」

昭吾は曲がり角にくると不機嫌そうに言い、恵美を置いてさっさと家の方に向かってしまった。彼女とはそこで方角が分かれるのだ。

湘南K市郊外の、新興住宅地だった。ゆるやかな丘に新緑が輝き、あまり車も通らず静かな場所である。

振り返ると、恵美はもうついてこなかった。

昭吾はようやくほっとして、やがて家に入った。まだ新しい母と姉のことを、恵美のようにあっけらかんと話す気にはなれなかったのだ。

ドアには鍵がかかっていた。義母《はは》の芙美子《ふみこ》は買い物、義姉《あね》の早苗《さなえ》はクラブ活動だろう。

昭吾は合鍵を出して入り、二階の自室で学生服を脱いだ。

私服に着替えると、妙に胸が高鳴ってきた。今までは決してこんな気持ちにはならなかったのだが、家に誰もいないというのは何とも艶《なまめ》かしい気分なのだ。

昭吾は自室を出て、廊下を隔てたはす向かいにある部屋に、そっと忍び込んだ。

義姉、早苗の部屋である。六畳ほどの洋間で、今までは昭吾が友人たちと遊ぶ部屋に使っていた。

しかしもうそこは、思春期の女の体臭を籠もらせた別世界になっていた。

自分の家なのに、昭吾は泥棒にでもなったような気持ちで室内を見回した。

いつの間にかズボンの股間が突っ張り、中でペニスが痛いほど勃起しはじめていた。

昭吾は美しい義母と義姉に、狂おしい性欲を抱いてしまったのだ。だから恵美の質問にも素直に答えられず、羞恥と戸惑いからわざと突っぱねてしまったのである。

昭吾はオナニーの快感に魅せられ一日に何度でも射精できた。

今まで姉も妹もなく、母親さえ覚えていない昭吾にとっては、義母や義姉さえオナペットとなり、さらにこの世で性欲の対象にならぬ女性は存在しないといっても過言ではなかった。

早苗の部屋は窓が閉めきられ、生ぬるく甘ったるい匂いがふんわりと籠もっていた。

ベッドと学習机、本棚にファンシーケース、そして昭吾が進呈したゲーム用のポータブルテレビなどが置かれ、もう同じ家の中とはいえ勝手に入ってはいけない雰囲気が漂っているように思えた。

ベッドの毛布は起きた時にめくれ上がったままになり、脱ぎ捨てられたパジャマも乱雑に散らばっていた。

万事しとやかで控えめな芙美子と違い、早苗は明るい現代っ子で、あまり身辺に気を遣わないタイプのようだ。それに昭吾と同様、今までずっと親子二人きりの家庭を続けてきたのだ。

昭吾はフラフラと誘われるようにベッドに近づき、枕に顔を押し当てた。

早苗の、甘い髪の匂いが染み込んでいた。リンスやシャンプーの匂いばかりではない。汗や体臭や、吐息や唾液まで枕やシーツの中に籠もっているような気がした。

十七歳のテニス部員。恵美のような子供とは違い、早苗は一学年だけ上とはいえ胸も腰も大人と同じような張りを持ち、肌も滑らかで脚はスラリと長かった。

さらに昭吾はパジャマを手に取った。

パジャマのズボンを裏返し、股間の当たる部分に顔を押し当ててみた。

ほんのりと甘酸っぱいような体臭らしきものは感じられたが、やはりパンティほどの強烈な匂いは籠もっていないようだ。

むしろパジャマの上半身の、胸元や腋の下の方が甘ったるいミルクのような汗の匂いがタップリと染みついていた。

（これが女のナマの匂いなんだ……）

昭吾は興奮し、激しく息を弾ませながら顔を押し当て、繊維の隅々に染み込んだ匂いを深呼吸した。

誰も帰らないうちに早く射精したかったが、これだけでは物足りない。

昭吾はパジャマを元の位置に戻し、自分が浸入した痕跡がないかぐるりと見回して確認してから、そっと早苗の部屋を出た。

二階は他に、父親昭一郎《しょういちろう》の書斎とトイレがあるだけだ。

昭吾は階下に下り、夫婦の寝室をチラリと覗いた。しかしこちらは和室でベッドもないので、芙美子の匂いの染みついた寝巻も枕も押し入れの中だ。

それに芙美子はきちんとたたんで入れているだろうし、父親のものにも触れなければならない。

結局昭吾は夫婦の寝室には入らなかった。奥は客間になっている。

昭吾はリビングに引き返し、誰かが帰ってこないか玄関の方に神経を集中させながら、バスルーム手前の脱衣所に入った。

脱衣籠は空だったが、洗濯機の蓋を開けるとまだ水も張られておらず、思ったとおり下着類が入っていた。

昭吾は胸を高鳴らせ、指先を震わせながら白い布片を取り上げた。

前に小さな赤いリボンがついている。早苗のものだろう。しかしそれは、丸めると手のひらに入ってしまうほど小さなものだった。

あんなムッチリした腰を覆うのに、女の下着とは小さなものだと昭吾は思った。

裏返すと、今度こそはっきりとシミが認められた。

それに早苗は活発で汗っかきだ。パンティ全体にほんのりとまだ汗が染み込んでいるようで、無地のそれは疲れたような柔らかさに満ちていた。

昭吾はそっと顔を近づけた。

股間の当たる中心には、ちょっぴりクイコミの縦ジワが寄り、ぽつんと黄色っぽいシミが、まるでレモン水でも一滴垂らしたように印されていた。

鼻を当てると、磯の香りに似たドキドキする匂いが感じられた。

これがあの美しい、新しい義姉の、乾いたオシッコの匂いなんだ。そう思うと昭吾は膝が震え、視界さえユラリと揺らめくような興奮を覚えた。

抜けた恥毛もなく、アヌスの当たる部分にはシミもないが、やがて昭吾は夢中になって早苗の匂いを貪った。

全体に甘酸っぱい汗の匂いが染み込み、中央のシミは鼻腔から全身に拡がってゾクゾクと麻薬のように昭吾を酔わせた。

果ては舌を這わせ、シミの中心を唇に挟んで吸ってみた。

ほんのちょっぴり、しょっぱいような味覚が感じられたが、昭吾にはまだまだ物足りない気がした。

さらに洗濯機の中を探り、早苗や芙美子のソックスやストッキングも嗅いでみた。爪先はほんのり黒ずみ、汗や脂の匂いが染み込んでいたが、それらは控えめで上品な匂いだった。

やがて、いちばん下から芙美子のパンティを取り出した。

これも白だが、早苗のよりちょっぴり大きく、また表面にツヤツヤとした光沢があって高級な感じがした。

昭吾はゴクリと生唾を飲み、ズボンのチャックを開けてピンピンに突き立っているペニスを外に解放してやった。

そしてパンティを裏返し、右手でペニスをしごきながら顔を寄せた。

しかしクイコミのシワもなく、それは新品と紛うばかりに清潔なものだった。

早苗のシミさえ控えめすぎて物足りなかったのに、と昭吾はガッカリした。

うんと汚れていたら失望したかもしれないが、これでは本当に着用していたかどうかさえ疑わしい。

それでも近々と中心を観察すると、あるかなきかの変色が、ほんのちょっぴり認められた。

そしてそっと鼻を押し当てると、確かにパンティの繊維だけではない、芙美子の肉体から分泌されたものの匂いがほのかに感じられた。

いつか、昭吾の右手の動きが速くなった。

尿道口からはヌラヌラと透明なカウパー腺液が滲《にじ》み、ジワジワと快感が高まってきた。

やがて昭吾は、早苗の白いソックスをペニスにかぶせ、その上から握ってオナニーを再開させた。どうせこれから洗濯してしまうものだ。ソックスの中に射精したってわからないだろう。

芙美子の匂いは早苗より甘く、まるでバラの香りのようだった。

（これが大人の女の匂いなんだ……）

昭吾は思い、犬のように鼻を鳴らして義母の体臭を嗅ぎ取り、舌を這わせて分泌物を吸収しようとした。

たちまち激しい快感が突き上がり、昭吾は甘美な絶頂感に脳天まで貫かれた。

ペニスが脈打ち、熱いザーメンがドクンドクンと義姉のソックスに注ぎ込まれた。

昭吾は立っていられないほどの快感に身悶え、やがてゆるやかな下降線をたどりはじめる頃、ようやく力を抜いて余韻に浸った。

ソックスは濡れ、今にもザーメンが染み出して滴《したた》りそうになっていた。

やがて昭吾は最後の一滴まで絞りだし、汚れたソックスを洗濯機に戻した。

そしてヌルヌルとまだ粘液の滲む尿道口を、芙美子のパンティの中心で拭き取ってしまった。

2

「お義父《とう》さんは、今夜も帰らないの？　これじゃ再婚した意味がないんじゃない？」

「生意気言うんじゃありません。お仕事が忙しいんだから」

夕食の時、早苗と芙美子が談笑するのを、昭吾は黙々と食事をしながら聞いていた。

何だかここが自分の家ではなく、昭吾自身が見知らぬ母娘の家庭に迷い込んだような気になった。

今までは父親と二人か、あるいは一人で食事をすることが多かった。

それまでは味気ないなどと意識したこともなかったが、女性が一緒にいると妙に部屋が明るく華やかになったように感じられ、逆に昭吾は味もわからないほど緊張し、今まで以上に無口になったような気がした。

「昭吾はいつも帰りが早いのね。運動部にでも入ればいいのに」

早苗が、昭吾に話しかけてきた。

彼女は、この新しい弟を「昭吾」と呼び捨てにすることに快感を覚えているようだ。

しかし昭吾はまだ、このなれなれしい義姉に心を開くことができなかった。

「まだ高一なんだから、大学受験も先のことでしょう？　もっと活発に好きなことをすればいいのよ」

早苗が、テーブルの向かいから昭吾を見つめた。

「うん……」

背の半ばまで伸ばした長い髪に、気の強そうな切れ長の目、スラリと鼻筋の通った整った顔から昭吾は視線を落とした。

立ち上がれば、昭吾より視線が高い。そして母親似で本来は色白だが、毎日のテニス部の活動で肌は健康的な小麦色をしていた。

「昭吾さんは歳より大人びているのよ。小さい頃から読書好きだったってお父さまにうかがってるわ」

芙美子が、昭吾の無口さを補うように言った。

彼女はまだ早苗ほどなれなれしくはなく、気難しい年ごろの昭吾に気を遣っているようだった。

再婚に先だって、昭吾はほんの一、二度芙美子と早苗に会っただけである。

父親の昭一郎は、親子というより昭吾と一対一で対等に付き合うような関係をずっと保ち、自分の再婚も簡単に告げただけだった。

芙美子は、三十六歳という年齢よりずっと若く見えた。まだ中学生の昭吾に大人の女性の歳はわからないが、早苗と姉妹だと言っても通用するように思えるほどだった。

昭一郎の経営する商事会社で、ずっと秘書をしていたという。

透けるような色白で、言葉や物腰、仕草、すべてが絵になるような落ち着いた上品さを持っていた。

そして品よく豊満な日本的美人だし、きっと和服が似合うだろうと昭吾は思った。

（いまスカートの中で、この人のワレメはどんな匂いをさせているんだろう。昼間のパンティのシミより、何倍も強烈かもしれない……）

昭吾は食事しながらあれこれ思っているうちに、ひそかに勃起してしまい、ますます味がわからなくなった。

そしていまだに、こうして手の届くところにとびきりの美人母娘がいるということが、昭吾には夢のように思われた。

トイレのスリッパに温もりが残っていたり、二人のどちらかが傍らを通過するときの甘く生ぬるい風を感じたりするたび、昭吾はいちいちドキリと胸を高鳴らせてしまう。そして温もりなどなくても、二人と同じトイレの便座に尻を載せるというだけで、どうしようもなく勃起してしまうのだった。

「ごちそうさま……」

やがて昭吾は早々に食事を終え、さっさと二階の自室に引き揚げてしまった。

しかし宿題や読書をする気にもなれない。きっと階下では、自分を話題に芙美子と早苗が話しこんでいるだろう。早苗は自分のネクラなところを責め、芙美子がそれをたしなめている感じだ。

そして昭吾とは逆に、向こうでは男性を珍しがっているかもしれない。

その階下では、食事の後片付けがはじまったようだ。

昭吾と早苗はもう入浴を終えているから、後は芙美子が入るだけである。今夜は父が帰らないから、きっと芙美子も早く入浴を済ませて寝てしまうだろう。

やがて後片付けの手伝いを終えた早苗が、軽い足音をたてて階段を上がり、昭吾の部屋の前を通過して自分の部屋に入った。

少ししてから昭吾はそっと部屋を出て、ジュースを飲みにキッチンに下りていった。自分の家なのだから何も遠慮することはないのに、すっかり自分の行動の理由づけをはっきりさせる癖がついてしまった。

芙美子の姿はなかった。思ったとおり入浴しているようだ。バスルームの方から、湯を使う音がかすかに聞こえてくる。

どんな身体をしているのだろう。

きっと胸も尻も豊かで、むき卵のような白く滑らかな肌をしているのだろう。

昭吾はジュースで喉を潤し、湯を流す音に耳を傾けながら想像し、勃起したペニスを持て余した。

脱衣所に忍び込めば脱ぎたてのパンティが手に入るだろう。すりガラス越しとはいえ、芙美子の成熟した裸体が見えるかもしれない。

しかし、どうにもならないまま昭吾は二階に引き返していった。

歳よりずっと幼く演じ、母を恋い甘えるタイプを装えばもっと接触できたかもしれないが、とても昭吾にそんなことはできなかった。

結局部屋に戻り、興奮を鎮《しず》めて仕方なく宿題を済ませた。

階下では芙美子も寝室に引き揚げたようだ。もう十一時を廻っている。

昭吾はパジャマに着替え、またビンビンに勃起しはじめたペニスを出し、真下にいる芙美子と、はす向かいにいる早苗を思いながらオナニーをはじめた。

その時である。

早苗の部屋から小さく声が聞こえた。

昭吾は動きを止めて耳を澄ませた。まだ起きているようだ。

「あ……」

また聞こえた。懸命に息を詰め、押し殺したような喘ぎが洩れてくるようだった。

昭吾はベッドから立ち上がり、音をたてぬようそっとドアを開いた。首だけ出して廊下を窺うと、早苗の部屋のドアが細く開いていた。蒸し暑い夜なので閉めきらなかったのだろう。

間隔を置いて早苗の呼吸音が洩れ、しきりに寝返りを打つような、あるいは身をよじるようなベッドのきしむ音が聞こえた。

昭吾はそっと廊下に出て、忍び足で早苗の部屋のドアまで進んだ。

そして隙間から中を窺った。

早苗がベッドに仰向けになり、パジャマのズボンに片手を押し込んでいた。昭吾からは早苗の脚が手前に、顔が奥の方に見える。

覗かれているとも知らず、彼女は顔をのけ反らせてハアハア息を弾ませ、パジャマの股間あたりでしきりに指を動かしているようだった。

習慣なのか、枕元の小さなライトがつけられ、室内はぼうっと薄明るかった。

毛布ははだけてベッドから落ちかかり、胸元も少し開いて、もう片方の手が乳房をやわやわと揉みしだいていた。

ドアの隙間から、甘ったるく生々しい十七歳の熱気が昭吾の鼻腔にまで漂ってくるようだった。

(女でもオナニーするんだ……)

昭吾は目を見張り、心臓が破裂しそうなほどの興奮を覚えた。性欲に悶々としているのは男だけじゃない。早苗にも、オナニーしなければ治まらないような欲望が湧き上がってくるのだ。

早苗は懸命に喘ぎ声を殺し、熱い息遣いで何度かビクンと身体を弓なりに反らせた。

パジャマの中でしきりに指を動かしている。かすかにクチュクチュと湿った音が聞こえてくるようだった。

(きっとワレメはヌレヌレだ。指を穴に突っ込んでいるのかもしれない……)

昭吾はゴクリと生唾を飲み、くねる早苗の下半身を見つめた。

このまま入っていって犯してやろうか。いやいや、オナニーなんかより義弟とはいえ生身の男の方がいいと、スンナリ受け入れてくれるかもしれない。

しかし、そう思いつつも、昭吾は動けなかった。

だいいち女の犯し方も知らないし、もし早苗が大声でもあげれば階下の芙美子だって起きてくるだろう。

無口な昭吾に言い逃れなんかできず、一方的に早苗がまくしたてるに決まっている。

結局昭吾は息を殺して眺めるだけにした。

しかし間もなく早苗は、ヒクヒクと身体を反らせたまま痙攣《けいれん》し、すぐにグッタリと力を抜いてしまった。

（イッたのかな……？　女でも射精みたいな快感があるんだろうか……）

あれこれ思ううち、早苗はパジャマから手を抜き、枕元のティッシュを取った。指を拭い、また下半身に手を入れて股間をゴソゴソと拭いているようだった。

もう済んだのだと悟り、昭吾はまた足音を忍ばせて自室に引き揚げた。

そして堪《たま》らない興奮にペニスをしごき、今度は自分の番とばかりに激しい快感に包まれながら射精した。

3

翌日も早く帰宅した昭吾は、そっと早苗の部屋に忍び込んだ。今日は芙美子が在宅していたが、用がなければまず二階へは上がってこない。

そしてクズ籠の中から、何個かの丸められたティッシュを取り出して拡げてみた。これに、確実に早苗の愛液が染み込んでいるはずだ。

しかしティッシュはどれも変色もなく乾いてゴワゴワし、何を拭いたのだかわからない感じだった。

鼻を押し当てても、ほんのり甘酸っぱいような匂いが感じられたが、それほどゾクゾクとは昭吾の官能は揺さぶられなかった。

さらにパジャマのズボンを手に取り、股間を嗅いでみたがたいした体臭もなく、結局いつものようにパジャマの胸元や腋の下に籠もる、ミルク臭の汗の匂いがいちばん昭吾を興奮させた。

「昭吾さん。お父さまが帰られたわ」

階下から芙美子の呼ぶ声がした。

珍しく父親は昼間のうちに帰宅したようだ。

仕方なく昭吾は早苗の部屋を出て、自室で着替えてから階下へ下りた。

「どうだ？　お母さんて呼べるようになったか？」

リビングで父親が言った。

山尾昭一郎、四十歳。祖父の代から横浜で貿易関係の商事会社を経営している。仕事で遅くなった時は、会社のそばにあるワンルームマンションに寝泊まりすることが多かった。

「まだ無理よね」

芙美子が笑みを浮かべて言った。

昭吾はリビングで昭一郎とお茶を付き合わされ、芙美子とも二言三言しゃべって、やがて早苗が帰宅したのを機にまた二階へ上がってしまった。

夜になり、夕食を終え全員入浴を終えて寝室に引き揚げた。そしてしばらく経ってから昭吾はまたそろそろと自室を抜け出した。

今夜も早苗の部屋のドアは細く開いているが、中からは軽やかな規則正しい寝息が聞こえていた。

昭吾は忍び足で階段を下り、リビングを通過した。

バスルームから芙美子のパンティを持ち出し、自室でオナニーに使おうと思ったのだ。朝にでもそっと戻しておけば気づかれないだろう。

それだけではない。もうひとつ期待があった。

明日は日曜日である。父親も休みだから、夫婦生活があるような気がしたのだ。

父親の痴態を見るのは気が引けるが、とびきり美しく成熟した女の肌が見られるのなら少々の我慢はしなければならない。

それに一般の父子より、昭吾はずっと醒めた目で昭一郎を見ていた。

足音を忍ばせ、夫婦の寝室に近づいた。

どうやら昭吾の予感は的中したようだ。

近づくにつれ、中の気配がかすかに廊下にも流れていた。だからかえって、しんと静まりかえっているよりも、昭吾はスームズに入口の前まで進むことができた。

八畳の和室、入口は中からは襖だが、廊下側からは板張りの引き戸になっている。

それが細く開いているのは蒸し暑いからばかりでなく、寝室にいながらも玄関の気配やリビングの電話にすぐ気づくよう配慮しているのだろう。

昭吾は息を殺して室内を窺った。

二組敷かれた布団が見え、枕元の小さなスタンドがつけられていた。

そして片方の布団が空き、二人はひとつの布団の中で身を重ねていた。

「あ……、ああっ……」

芙美子の白い顔がのけ反っていた。

昭吾はゴクリと生唾を飲み、こんなに簡単に彼女の喘ぐ姿を見られたことに拍子抜けさえ感じた。

上になった昭一郎は、まだ挿入していないようだ。

布団をかぶっていたが、芙美子の乳首を吸っていた唇が次第に下降するうちに布団がずれて、やがて彼女の豊かな乳房が見えた。

芙美子は白い腕で昭一郎の頭をかきいだき、懸命に首を左右に振り振り、必死に喘ぎを押し殺しているようだった。

ふっくらとした天女のような豊かな頬が紅潮し、汗ばんだ額に髪が数本貼りついている。

芙美子のこんな表情を見るのははじめてだった。

昭一郎は片方の乳房をわし摑みにした。弾力ある肌が指の間からムッチリとはみ出し、さらに布団がはだけて芙美子の腹部まで露《あらわ》になってきた。

やがて昭一郎が完全に布団をはぎ、芙美子の大きく開いた股間に顔を埋めた。

「アアッ……！」

芙美子が身体を弓なりにさせて声を洩らし、肉づきのよい内腿で昭一郎の顔を挟みつけたまま、クネクネと身悶えた。

唾液に濡れた乳首がつんと突き立ち、彼女が悶えるたび豊かな双丘がふるふると揺れ動いた。

あの控えめでおしとやかな芙美子が案外貪欲に、両手を昭一郎の頭にかけてグイグイと押しつけているようだった。

整った顔が快感にのけ反り、我を忘れた表情で眉根を寄せてしきりに喘いでいた。

昭一郎の顔でワレメは見えないが、きっとそこは愛液にヌルヌルにまみれていることだろう。

昭吾は嫉妬と興奮に唇を嚙み、それでも目をそらさずじっと覗き見ていた。

やがて昭一郎が、芙美子のワレメに顔を埋めたまま、ゆっくりと身体を反転させはじめた。

そして上から芙美子の顔を跨ぎ、シックスナインの体勢になった。

すぐに含んだのだろう。芙美子の喘ぎが治まり、せわしい鼻息だけが聞こえるようになった。

「ンン……」

喉の奥まで含みながら芙美子が切なげに呻き、たまにクチュクチュと舌や唇を蠢《うごめ》かせる音も聞こえた。

二人はどれぐらいそうしていただろう。

息詰まる熱気が昭吾にも伝わって、覗きながら頭がぼうっとしてきた。

すると、ようやく昭一郎が動いた。

顔を上げた拍子に、芙美子の股間の翳《かげ》りがチラリと見えた。ふんわりとした恥毛と、スタンドの光にヌメヌメと光沢を放つ陰唇だ。

それも体位を変えた昭一郎の身体に、すぐ隠されてしまった。

ようやくフィニッシュを迎えるようだ。

昭一郎はふたたび芙美子の脚の間に身を置き、正常位でゆっくりと重なっていった。

「あう！」

挿入されたのだろう。芙美子がビクンと肌を波打たせた。

そしてしっかりと両腕を昭一郎の背に回してしがみつき、ピストン運動に合わせて自分も下から腰を突き上げはじめた。

ピチャクチャと粘膜が摩擦される、淫らな湿った音が聞こえはじめた。

昭吾のペニスも、パジャマの中ですっかり暴発寸前にまで勃起していた。

しかしここでオナニーをするわけにはいかない。気配で見つかってしまうし、それに父親が視界に入る場所で絶頂になど達したくなかった。

「アアッ……！」

ビクッと顔がのけ反り、芙美子が慌てて指を噛んで喘ぎを押し殺した。

やはり快感に夢中になっていても、二階の昭吾や早苗に聞こえぬよう気を遣っているようだった。

やがて昭一郎のリズミカルな動きが速くなり、芙美子もひときわ激しく身をくねらせて荒い息遣いを交わらせた。

どうやらそれが絶頂の痙攣だったのだろう。しばらく息を詰めてヒクヒクと震え、間もなく二人同時にグッタリと力を抜いた。

昭吾はそこまで見届けると、また足音を忍ばせて部屋の前を離れていった。

興奮に昭吾まで息遣いが荒くなっている。

早く二階に戻らないと、二人のどちらかがバスルーム脇のトイレにでもやってくるかもしれない。

昭吾は脱衣所から芙美子のパンティだけ持ち出し、急いで自室に戻っていった。

ベッドに腰をおろし、パンティを拡げてみた。

昼間に探ったものと違い、まだ脱いでそれほど時間が経っていない。芙美子の体温が残っているような気がした。

汚れは、やはり無いに等しい程度だった。

それでも甘酸っぱいような体臭が、前のより馥郁《ふくいく》と籠もっているようだった。

昭吾はペニスを引っ張りだし、ザーメンが飛び散らぬようティッシュを巻きつけてから握ってしごきはじめた。

そしてパンティの中心に鼻と唇を押し当て、ほのかな匂いとともにさっきチラと見た芙美子のワレメを思い出し、たちまち激しい快感に貫かれた。

絶頂の中、昭一郎の姿だけは懸命に頭の隅に追いやり、いつの日か必ず義母をモノにしてやろうと決心すると、快感はいつまでも長く続いた。

4

翌日は日曜日で昭一郎は早苗と買い物に出かけていた。

早苗はナイスミドルの義父と歩くのが嬉しいらしい。それに、芙美子より買い物をあれこれねだりやすいのだろう。

昭吾は自室に籠もり、庭で洗濯物を干している芙美子の姿をそっと窓から見下ろしていた。

昨夜オナニーに使ったパンティは、朝のうちにそっと戻しておいた。芙美子は何も知らずにパンティを干している。

昨夜、夫婦のセックスが終わってからシャワーも浴びずに二人は寝てしまったようだ。
(まだ穴の奥にザーメンが残っているだろう……)
昭吾は、芙美子のスカートの尻を眺めながら思った。
父親に抱かれているという不潔感と、狂おしいほどの独占欲に居ても立っても
いられないような気持ちだった。
芙美子の前の亭主については、死別なのか離婚なのか、いったい何年間母子家
庭が続いていたのか、昭吾は何も聞かされていなかった。
(もう長いこと親父の愛人だったのかもしれねえな)
芙美子は高校を卒業して、すぐに昭一郎の会社に就職したと聞いていた。
干し終えたようだ。昭吾は考えるのをやめ、芙美子が家に入るまで見届けていた。
「昭吾さん。お買い物に行ってくるから、お留守番お願いね」
階段の下から芙美子が声をかけてきた。
返事をすると、間もなく芙美子が自転車で出て行くのが見えた。
昭吾は階下に下り、何も考えずにフラフラと夫婦の寝室に入った。
家に一人きりになると、途端に淫らな衝動が湧き上がってくるようだった。
以前は昭一郎の意識が邪魔で寝室に忍び込むことをためらったが、もうセック

スまで覗いてしまったのだ。どこまで深入りしようと関係なかった。

掃除を終えたばかりなのだろう。襖も窓も開け放され、セックスの処理をしたティッシュなどもクズ籠から消えていた。

押し入れを開けても、芙美子の匂いのするものはなかった。寝巻も枕カバーも、庭に干されているのだ。

昭吾は見回し、化粧台の前に行った。

ヘアブラシには芙美子の甘い髪の匂いが染みつき、何本か長い髪が巻きついていた。

昭吾はムクムクと勃起してきたペニスを解放し、ブラシの匂いを嗅いだり、採集した髪をペニスに巻きつけたりした。

さらに口紅を手にしてみる。

キャップを外して嗅ぐと、甘ったるい香りにちょっぴり脂じみた匂いが混じっていた。

たった今も外出を前にして、芙美子はこれで唇に触れたのだろう。表面には彼女の唾液がついているかもしれない。

昭吾は胸を高鳴らせながら、口紅の先端をそっと舐めてみた。味はないが、ふっくらとした甘い匂いが口の中に残ったような気がした。

鏡で見ても舌は赤くなっておらず、昭吾は欲望にギラつく自分の顔から目をそらせた。

そして今度は口紅を、露出したペニスに触れさせてみた。

何だか、芙美子に舐められているような快感が突き上がってきた。

さらに口紅の先端を、カウパー腺液の滲み出る尿道口にヌルヌルとこすりつけてみた。

「く……」

美しい義母を汚しているという快感が、次第に昭吾を夢中にさせていった。

しかし夢中になりすぎ、忘れ物を取りに戻った芙美子に気づくのが遅くなった。

裏口が開いた音を聞き、はっとした時にはもう芙美子は廊下をこちらに進んでいた。

もうこっそり部屋を抜け出す余裕もなく、慌てて露出したペニスをしまうのがやっとだった。

「あら、何してるの昭吾さん……?」

芙美子が声をかけたのと、昭吾が口紅を戻したのが同時だった。

芙美子の声は怒っているふうでもなく静かだが、怪訝《けげん》そうな中に警戒の響きが混じっていた。

昭吾は目の前が真っ暗になる思いで立ちつくし、芙美子がいきなり家に引き返してきた不運に無性に腹が立った。

「……」

昭吾は無言で芙美子の視線を外し、彼女の脇をすり抜けて部屋を出ようとした。

「待って。怒ってるわけじゃないの。あなたの家なんだから、どこに入ろうと自由よ。きっと、女の人のお化粧道具が珍しかったのね？」

芙美子は笑顔を作り、答えぬ昭吾を庇《かば》うように無難な理由づけをしてくれた。

かすかに、芙美子の甘くかぐわしい息を感じた。

その瞬間、もう昭吾は何が何だかわけもわからなくなり、いきなり芙美子を抱きすくめていた。

「あっ……！」

芙美子が驚いて声をあげ、昭吾を突き放そうとした。

しかし昭吾は固く抱きしめ、離れずに芙美子のうなじに顔を押し当てた。

昭吾の勢いにたじろいだように、芙美子は少しの間じっとしていた。とくに淫らな部分に触れられているわけではない。自分も落ち着きを取り戻す間、様子を見ようと思ったのだろう。

髪が甘く香る。さらにブラウスを通して、汗ばんでいるのだろうか、女の体臭なのだろうか、ほんのりと甘ったるい匂いが昭吾の鼻腔を満たした。

母親の記憶のない彼にとっては、はじめての女の匂いだった。

わずかに速くなった芙美子の呼吸や、衣服を通して感じられる鼓動が伝わってきた。きっと昭吾の次の行動に備えて警戒しているのだろう。

こうして抱きついているだけなら芙美子もきっと許してくれるかもしれないが、昭吾はやはりじっとしていられなかった。

勃起したズボンの股間をグイグイ芙美子の下腹部に押しつけ、そのまま壁ぎわまで追いつめていった。

「ま、待ちなさい……!」

芙美子が多少険しい声を出し、身体を緊張させた。

やがて成熟した女の身体が、壁と昭吾に挟まれて身動きできなくなった。

昭吾の胸に弾力のある乳房が押しつけられ、芙美子の熱く甘い呼吸が弾んだ。

もう後には戻れない。

昭吾は芙美子の肩に腕を回したまま顔を固定し、強引に唇を求めていった。身長はまだ芙美子と同じくらいだが、力は昭吾の方が強い。

「や、やめて……、ウ……！」

とうとう唇をふさがれて芙美子はもがいた。

昭吾は緊張と興奮に頭がクラクラするほどだったが、それでも冷静にファーストキスの感触を味わっていた。

ほんのりと口紅の香りに混じり、芙美子本来の熱く湿り気のあるかぐわしい息が昭吾をうっとりと酔わせる。

押しつぶされた唇はちょっぴり濡れて柔らかく、舌を侵入させようとしたが芙美子は固く口を閉ざして拒んでいた。

昭吾は芙美子の顔を押さえつけながら紅が溶けるほどヌルヌルと唇を舐め、膝頭を割り込ませてグイグイと芙美子の股間を圧迫しようとした。

しかし、とうとう芙美子は顔を振って唇を離し、自由になった片手で激しく昭吾の頬を叩いていた。

「それ以上すると、お父さまに言いつけるわ……」

芙美子はさっと身を翻《ひるがえ》して離れ、手の甲で口を拭きながら言った。血の気を失った顔は厳しい表情だが、怒りよりも戸惑いと不快感で哀しげだった。

昭吾は、叩かれた頬の痛みよりも興奮の方が先にたった。

「あんただって、オ××コが大好きなんだろう⁉　ゆうべだってヌレヌレになって悶えてたじゃねえか！」

昭吾は怒鳴るように言い、ふたたび芙美子を追いつめようとしてジリジリと移動した。

とにかく犯してしまえばこっちのものだと思った。どうせセックスをやり馴れている肉体だ。突っ込んでしまえばメロメロになってしまうだろう。

それに、こんな中途半端で引き下がっては、今後、家族の前で平然としていられそうもない。気まずくて同じ家にいられないだろう。

そう、もう本当に後戻りはできないのだ。

しかしその時、買い物から帰った昭一郎と早苗が、談笑しながら門を入ってくる声が聞こえた。

昭吾はハッとなって動きを止めた。

芙美子は急いで乱れた髪を直し、訴えかけるような目で昭吾を見た。

「いい？　何もなかったことにするから、昭吾さんも忘れるのよ。いいわね？」

念を押し、すぐに芙美子は昭吾の脇をすり抜け、帰宅した二人を出迎えに玄関へと向かった。

昭吾も少し遅れて部屋を飛び出し、昭一郎や早苗と顔を合わせる前に急いで二階の自室へと入ってしまった。

芙美子の唇の感触が生々しいうちにオナニーしたかったが、今となっては今後の不安や気の重さが先立ち、とてもそんな気分にはなれなかった。

芙美子は大人だから、家族の前でも平然として今までどおり昭吾ににこやかに話しかけてくるだろう。

しかし二人きりになったら、今後は充分に警戒するはずだ。

その気まずさを思うと、昭吾はとてもやりきれない気持ちになった。

第二章　女体授業

1

今日は体育の授業があったようだ。早苗は帰宅するなり、洗濯機に体操服やブルマー、汗ばんだパンティなどを突っ込み、シャワーを浴びている。

中間テストが近いので、テニス部の練習は休んでいるようだった。

そして彼女がバスルームを出て自室に入ってから、昭吾は素早く洗濯機を開けて早苗の脱いだものを紙袋に詰め、二階に持っていった。

芙美子の唇を強引に奪って以来、義母にあからさまな警戒のそぶりはないが、昭吾の方が気まずくて、自然に留守中の寝室も敬遠するようになってしまった。

だからもっぱらのオナペットは義姉の早苗であり、フェチオナニーの収穫物も当分は早苗のものに限られるようになった。

昭吾はベッドの上に、体操服とブルマー、パンティを並べた。

どれも、つい数時間前に早苗が身につけ、初夏の陽射しに汗ばみながらムチムチした肉体を躍動させていたのだ。

それはまだどれも、ひんやりと汗に湿っていた。パジャマよりずっと艶《なまめ》かしく濃く染みついているのだろう。

体操服は白だが、土や埃によるものか全体的にほんのりと黒ずんでいた。濃紺のブルマーもお尻の部分は土がついていた。

そして脱ぎたてのパンティは、まだ十七歳の体温をタップリと残してほんのり生温かかった。

昭吾はもうすっかり勃起しているペニスを引っ張り出し、ベッドに腰かけて体操服から手に取った。

裏返すまでもなく、胸元や腋の下には絞れば滴りそうなほど汗が滲み出ていた。鼻を近づけただけで、ミルク臭の甘ったるい汗の匂いがふんわりと鼻腔をくすぐった。

堪らずに顔を埋め、昭吾は胸いっぱいに義姉の匂いを深呼吸した。

まだペニスに触れていないのにジワジワと快感が高まり、もう今にも暴発してしまいそうに興奮が湧き上がってきた。

ブルマーは、生地が厚くて裏側の股間部分にちょっぴり汗の匂いが籠もっているだけでほとんどが土と埃の匂いだった。

やがて昭吾はパンティを手に取った。

どうせ洗濯は明日になるだろう。今夜一晩この部屋に置いたっていいのだ。とりあえず昭吾は一回射精しようと、パンティを愛撫しながらペニスをしごきはじめた。

裏側の中心にはちょっぴりシミがあり、馥郁と籠もる匂いも汗ばかりでなく、ドキドキするような残尿臭や恥垢の匂いが混じっていた。

しかし、その時である。

いきなりドアが開けられ、当の早苗が入ってきたのだった。

「あっ……！」

昭吾はあまりに咄嗟《とっさ》のことで、露出したペニスを隠す暇もなかった。寝室で芙美子に見られた時より救いがなく、しかも早苗のパンティを手にしているのだ。

それでも昭吾は身を屈めてペニスを隠し、パンティやブルマーなどを布団に押し込んだ。

「何だよ！　ノックもしないで！」

たび重なる不運に昭吾は声を荒げた。しかし襲いかかるにはあまりに体勢も悪く、状況も分が悪かった。

「昭吾だって、勝手にあたしの部屋に入っているんでしょう?」

早苗が薄笑いを浮かべながら、落ち着いた口調で言った。そして部屋に入ると、内側からドアを閉めた。

義弟のオナニーを目撃したショックもなく、まるで予想していたようなそぶりだった。

芙美子は買い物に行って、今は家に二人きりだった。

「やめることないわ。続ければいいじゃない」

早苗はベッドに近づき、隣に腰を下ろした。

「でも、それは返してよ。汚いじゃないの」

早苗は布団の間に押し込まれた体操服やパンティを引っ張り出した。

「出てけよ」

「本人のいる前じゃできないの? ちゃんと見せてよ」

早苗は、屈んで股間を庇《かば》っている昭吾を引き起こし、すっかり萎縮してしまっているペニスを見下ろした。

「ちっちゃくなってる。ふふ、可愛い……」

早苗の声が、いつか囁くように小さくなっていた。

どうやら彼女は、もうセックス経験もあるようだ。義弟のフェチオナニーを知って、淫らな意図があってやってきたようだった。

とがめられると思っていた予想に反し、昭吾は戸惑いながらも何やらうっとりと艶かしい気分に包まれてきた。

「やらしてくれるのか？」

昭吾は、声の震えを隠そうと低い声で言った。

「やり方もまだ知らないくせに」

早苗はクスクスと笑った。果実のような呼吸の匂いに混じり、ほんのりと湯上がりの香りがした。

昭吾は屈辱よりも、いかにこの機会を逃さずに快感を得るかということに集中した。

しかし早苗の方から積極的になってくれた。

「そうね、教えてあげるんならいいわ。可愛い弟が下着ドロになったら困るもんね」

「あんた、何人の男を知ってるんだ」

「姉さんて言えないの？　まあいいわ。二、三人よ。同級生とかクラブの先輩とか、誰だってそれぐらい体験してるわ」

そのあっけらかんとした口調に、昭吾までセックスが気楽で簡単なものに思えてきた。

「で、まずどうしたいの？」

「……見たい。どうなってるのか……」

「いいわ」

早苗は答えると、ゴロリとベッドに仰向けになった。

ためらいのない動きに、昭吾はまたムクムクと勃起しはじめた。逆に、心の準備もできぬうちに脚を開かれては、あまりに味気ないような気もした。

だから、せめて自分の手で脱がせたくて昭吾は彼女のスカートをまくり上げた。

早苗は動かず、されるままにじっとしていた。

ムッチリとした白い太腿が、根元まで露《あら》わになった。

替えたばかりのパンティに指をかけ、そろそろと引き下ろしはじめると早苗がそっと腰を浮かせてくれた。

やがてふんわりとした恥毛が見え、太腿の付け根で裏返ったパンティを、昭吾はズルズルと引き下げて足首から抜き取った。

すると早苗は両膝を立て、自分から昭吾に向けて脚を開いてくれた。

「いいわ、見て。もっとそばにきて」

言われて、昭吾は開かれた義姉の股間に顔を寄せていった。

滑らかな内腿の間に、ほのかな熱気が湯上がりの匂いに混じって籠もっていた。

ふっくらとしたヴィーナスの丘に、柔らかそうな恥毛が群生し、その下の谷間が縦の深いキレコミになっていた。

ちょっぴり花びらがはみ出し、ツヤツヤとしたピンクに色づいている。

「これが大陰唇、上の方にクリトリスも見えてるでしょ？」

早苗がヒソヒソと囁き声で説明し、さらに大胆に指を伸ばしてワレメを大きく左右に拡げてくれた。

「小陰唇の奥の方、その穴に入れるの。わかった？」

説明するうち、少しずつワレメの内側がヌラヌラと潤ってきたようだった。

「入れていいか？」

「まだダメ、順序があるんだから。濡れてくるまでいじってみて」

「もう濡れてるぞ」

「もっと、うんと濡れるまで……」

言われて昭吾はクリトリスに指を当て、円を描くようにクリクリと圧迫してやった。

「うん……」

早苗が小さく呻き、下腹の肌や内腿がピクッと震えた。

クリトリスから小陰唇の内側の方へ指を移動させていくと、そこはもう熱くジットリと濡れ、指先がヌルッと滑るほどになっていた。

人差し指を、そっと膣口に押し込んでみた。

「ああ……」

早苗が腰をくねらせ、熱い吐息をついた。

指は何の抵抗もなくヌルヌルと奥まで入っていった。

根元まで入れると昭吾は指を蠢かせて、上下左右から吸いついてくるような肉の感触を味わった。

天井にはちょっぴりツブツブがあり、ペニスを入れたらそれがこすれて気持ちいいだろうなと思った。

やがて指を引き抜くと、透明な粘液がツツーッと糸を引き、昭吾は堪らずに顔を押し当てた。

「あう!」

早苗の内腿がビクッと閉じ、昭吾の両頰をムッチリと挟みつけた。

鼻をグイグイ恥毛の丘に押しつけても、ほのかな石けんの匂いしかしないのがちょっぴり物足りなかった。

それでも、はじめて女のワレメに顔を埋めた感激は大きく、昭吾は夢中になってヌルヌルする陰唇の内側を舐めはじめた。

溢れる愛液はネットリと舌にまつわりつき、ちょっぴりしょっぱい味の中にほのかな酸味が混じっているような気がした。

膣口のまわりをクチュクチュ舐め、そのままクリトリスまで舐め上げると、早苗の身体が弓なりに反り返った。

「ああっ……昭吾、気持ちいい……」

舐めながら見上げると、顔をのけ反らせて喘ぐ早苗の、白い首筋が見えた。

やはりクリトリスは相当に敏感な部分らしい。

昭吾は、完全に包皮から顔を出したクリトリスに吸いつき、また膣口に戻って新たな愛液をすすった。

さらに早苗の両脚を持ち上げ、ワレメより下の方でぽつんと閉じているアヌスまでチロチロと舐めてやった。

もう昭吾も勃起したペニスを持て余し、舌の根が疲れる頃に顔を上げて彼女にのしかかっていった。

そして完全に下着ごとズボンを下ろし、見当をつけて腰を沈め、早苗のワレメに先端を押しつけた。

「もっと下……、そう、そこ……」

早苗がハアハア熱い息で喘ぎながら言った。

しかし亀頭は愛液にヌメるワレメの表面を滑るだけで、なかなか潜り込ませることができなかった。

と、股間に早苗の指が伸びてきて、ペニスをそっとつまんで先端を当てがってくれた。

昭吾が腰を押し進めると、亀頭がヌルリと浅く挿入された。

「いいわ、きて。いちばん奥まで……」

早苗が下からしがみつき、昭吾は身体を重ねてヌルヌルと根元まで押し込んでいった。

「あうう……」

早苗が呻き、甘い息を揺らめかせて身体を弾ませた。

昭吾は、少しでも動くとすぐに射精しそうで、深々と挿入したまま動かなかった。世の中に、こんなに気持ちのいい穴があるとは知らなかった。

中はヌルッとして温かく、粘膜が心地よく包み込んでくれた。

奥からドクンドクンと早苗の躍動が伝わってくるようで、まるで身体ごと潜り込んだような快感だった。

昭吾は挿入したまま早苗のTシャツをたくし上げ、つんと上を向いた形よい半月形の乳房を揉みしだいた。

そして早苗の首に手を回し、ぴったりと唇を重ねていった。彼女は拒まず、すぐに前歯を開いて昭吾の舌の侵入を受け入れてくれた。

柔らかく、甘い舌がクチュクチュとからみ合ってきた。

ディープキス初体験だ。昭吾は舌を吸われながら、義姉の熱くかぐわしい呼吸で胸を満たし、甘ったるい唾液をすすりながら少しずつ腰を動かしはじめた。

「ううん……！」

動くと、唇をふさがれたまま早苗が呻き、反射的にちぎれるほど強くチュッと昭吾の舌に吸いついてきた。

腰を律動させせると、ヌメッた粘膜がピチャピチャと音をたてる。そしてシャリシャリと恥毛がこすれ合い、奥でコリコリする恥骨まで感じられた。

もう限界だった。

「くっ……！」

昭吾は唇を離し、小さく呻いた。

たちまち突き上げる快感に全身が痺れ、激しく腰を突き動かしながらドクンドクンと熱いザーメンを放出した。

「あ……、ああっ……！」

早苗も下でリズミカルに全身を揺すり、ありったけのザーメンを絞り取るように、キュッキュッと膣を締めつけてくれた。

オナニーと違い、絶頂の快感を女体と密着しながら受け止めるのは、何という気持ちよさだろう。

昭吾は童貞を捨てた感激と女体の素晴らしさを全身で感じ、やがて快感の余韻に浸りながら力を抜き、グッタリと早苗に体重を預けていった……。

2

一度肉体関係を持ってしまうと、昭吾の早苗に対する気後れもなくなり、次第に打ち解けて話ができるようになってきた。ただし、それは家族と一緒ではなく、二人きりの時に限られたが。

初体験をしたその夜も、昭吾は早苗がまだ眠らないうちに自分から彼女の部屋に入っていった。

「何？」

「また、したい……」

「もう眠いわ」

早苗はもうベッドに入っており、昭吾を焦《じ》らすようにかすかな笑みを浮かべて言った。

それでも昭吾は構わず、枕元のスタンドだけつけられた薄暗い部屋に入り、勝手に早苗のベッドに潜り込んでしまった。

「もう、しようのない子ね」

早苗はそれでも身体をズラし、一緒に寝かせてくれた。

布団の中に潜り込むと義姉の体温で温かく、ほんのりと甘ったるい匂いがした。

昭吾はピッタリと身体を押しつけ、彼女のパジャマのボタンを外してコリコリと乳首をつまみはじめた。

「うん……」

早苗がピクンと震えて、昭吾に腕枕してくれた。

昭吾は顔を寄せ、つんと硬くなった乳首を口に含み、もう片方をいじりながら貪るように吸いはじめた。

「ああっ……」

早苗も本格的に喘ぎはじめ、昭吾の頭をかき抱きながら甘い呼吸を弾ませた。

昭吾は顔を弾力のある乳房にギュッと押しつけられ、鼻も口も柔軟な肉に埋め込まれて心地よい窒息感に悶えた。

やがて早苗にのしかかり、乳首を交互に吸いながら、そろそろと下半身に手を伸ばしていった。

しかしパンティに潜り込ませた指先が、ちょっぴり恥毛に触れた時に早苗が昭吾の手を引き離した。

「ダメ……」

「何で」

昭吾は顔を上げて言い、さらに指を入れようとしたが、早苗はかたくなに拒んだ。

昼間と違い、早苗は面倒がっているようだ。女とは気まぐれで、男と違って始終やりたがっているわけではないのかもしれないと昭吾は思った。

そのかわり、昭吾の股間に早苗の指が伸びてきた。

昭吾はあきらめ、早苗に身をまかせるように仰向けになった。

下着ごとパジャマのズボンが引き下ろされ、早苗は布団をはいで完全に彼の上に覆いかぶさった。

昼間童貞を捨てたばかりの初々しいペニスが、天を衝《つ》くように勃起していた。

それを義姉の指がやんわりと摑み、息がかかるほど顔を寄せてきた。

「すごい、こんなに硬くなってる……」

早苗はチョンと指先で亀頭に触れ、ペニスの反応と昭吾の表情を見比べた。

昭吾は次第に呼吸を荒くし、人にいじられるもどかしいような快感に身悶えた。

やがて早苗が舌を伸ばし、チロリと尿道口を舐めた。

「う……」

昭吾は小さく呻き、ピクッとペニスを震わせた。

早苗はさらに口を開き、亀頭をすっぽりと含んでくれた。

口の中は温かく濡れ、彼女の鼻息がまだ薄い恥毛をそよがせた。チロチロと舌が触れ、たちまちペニスは義姉の温かい唾液にまみれた。

「いいのよ、あたしの口の中に出しちゃって」

早苗は口を離して言うと、すぐにまた喉の奥まで飲み込んでくれた。

唇が丸くキュッと根元を締めつけてモグモグ蠢き、舌が大胆にネットリとからみついて動いた。

さらに早苗は頰をすぼめて強く吸い、指はやわやわと陰嚢《いんのう》を刺激する。

「ああっ……！」

昭吾はもう堪らなかった。身体中が早苗の口腔に含まれ、アメ玉のようにクチュクチュと舌でころがされているような快感だ。

絶頂はたちまち襲いかかり、激しい快感が昭吾の脳天まで貫いた。

ヌルヌルと蠢いていた早苗の舌が止まり、一滴もこぼすまいと唇が引き締まった。

熱いザーメンはドクンドクンと義姉の喉を直撃し、昭吾は全身がトロけるような快感に激しく喘いだ。

早苗は喉に詰めて咳き込むこともせず、ペニスを含んだまま口に溜まった分を巧みに喉に流し込んでいった。

ゴクリと喉が鳴るたび、口の中がキュッと締まってペニスが心地よく吸われた。

早苗は最後の一滴までしごき取るように、吸いつきながらゆっくりと口を引き抜きはじめた。

「あうう……」

昭吾は残り少ない快感を惜しむように呻き、ドクンと残りを脈打たせた。

やがて早苗がチュパッと音をたてて口を離し、まだヌルヌルしている尿道口に舌を這わせてペロペロと舐めてくれた。

その刺激に、射精直後のペニスが敏感にヒクヒクと震えた。

ようやく早苗が顔を起こし、ひと仕事終えたようにハーッと吐息をついた。

「やっぱり量が多いのね。味も甘くて濃い感じ」

早苗はペロリと赤い舌を出して唇を舐めた。

「何度も飲んだことがあるのか」

「さあね、ふふ……。もうスッキリしたでしょ？　早く戻って寝なさい」

早苗は乱れたパジャマを直し、仰向けのままでいる昭吾のペニスもしまってくれた。

「もっとやりたい」

「ダメ、もう眠いの。言うことときかないと、ドアに鍵を取りつけちゃうわよ」

どうあっても、今夜はもうその気にはならないようだった。それで、射精が早まるフェラチオをしてくれたのかもしれない。

やがて昭吾もあきらめ、また明日すればいいとベッドから下りた。あまり無理強いしてドアに鍵をつけられたら、自由に出入りできなくなってしまう。

昭吾は大人しく自室に引き揚げ、自分のベッドに潜り込んだ。

ペニスは萎えるどころか、口内発射初体験の感激にまたムクムクと勃起しはじめていた。

そっと下着の中に手を入れると、まだペニスは早苗の唾液に湿っているようだった。

昭吾は義姉の唇や舌の感触を思い出し、明日は何をさせようかと考えながら、また一人でオナニーをはじめてしまった。

「恋人でもセックスフレンドでも作ったらいいじゃないの。クラスにだって可愛い子いるんでしょ？」

早苗が突き放すように言った。

3

翌日の午後、帰宅したばかりの早苗を待ち受けて、昭吾はまたセックスを迫ったのである。

早苗はまだセーラー服姿だった。昨夜の湯上がりと違い、ほんのりとナマの女子高生の匂いが感じられた。

「それに、あんまり近親相姦なんてよくないのよ」

「近親相姦ったって、血がつながっていないじゃねえか」

「ふふ、何も知らないのね」

早苗は着替えようとしていた手をスカーフから離し、昭吾に向かって意味ありげな笑みを見せた。

「何？　どういう意味だ？」

「聞きたい？　じゃ教えたげるわ」

昭吾が訊くと、早苗はベッドに座り、彼も隣に座らせた。

「あたしのパパは誰だと思う?」

「あの人の、前の亭主だろ?」

昭吾は芙美子を思い浮かべて言った。

今日は芙美子は、横浜の会社まで用事で出かけ、昭一郎と一緒に夕方帰宅することになっている。

「そんな人は最初からいないの。わかる? あたしを作ったのは山尾昭一郎」

「何だって……!?」

昭吾は目を見張った。

すると十八年前、昭一郎は秘書をしていた芙美子と関係を持っていたのだ。そしてつい昨年まで、ずっと私生児として早苗を育ててきたのだろう。

もちろん経済的な援助はしていたに違いない。

「な、なんでもっと早く再婚しなかったんだ。おれのおふくろだってとっくにいなかったのに」

「うちのママは遠慮深いから。それに二年前までは、うるさいお舅《しゅうと》さんたちがまだ生きてたでしょ?」

早苗は、本当に昭吾の腹違いの姉だったのだ。

「おれたちが姉弟と知ってて、セックスしたのか」

「そ、可愛い弟の童貞を奪うのも面白いじゃない」

早苗は軽い口調で答えた。

どうやら早苗は、腹違いの弟に淫らな好奇心を抱き、まるでファッション感覚のように気楽にセックスを楽しんだようだった。

昭吾はいつしか勃起しながら、ムラムラとわけのわからぬ激情に襲われた。

そして夢中で、隣に座っている早苗をベッドに押し倒していた。

「ま、待って！　やめて……！」

早苗がもがいて、昭吾を突き放そうとした。

しかし昭吾は長い髪を摑み、荒々しく唇を重ねていた。

「ム……、ンン……」

早苗は熱い呼吸を弾ませ、顔をしかめて逃れようとした。

昭吾は必死に押さえつけ、セーラー服の上から胸の脹らみをわし摑みにした。

痛みに、ビクンと早苗の身体が跳ね上がり、昭吾は巧みに膝頭を彼女の脚の間に割り込ませていった。

怒りとも、性欲ともつかぬ興奮が昭吾の全身を包み込んでいた。

もう遠慮することはない。最初は早苗の方から獣のような関係を求めてきたのだから。昭吾は彼女の顔を固定し、唇を密着させたままスカートをまくり上げ、引きちぎるようにパンティをズリ下ろしはじめた。

早苗が身じろぐたび、生ぬるく甘ったるい体臭が揺らめいた。

それでもようやく、昭吾の指先が早苗の茂みに触れ、谷間のワレメに指を滑り込ませることができた。

「クッ……！」

早苗が呻き、かっちり閉じられていた唇と、前歯から力が抜け、昭吾はヌルリと舌を潜り込ませた。

早苗の口の中は甘く濡れ、昭吾はかぐわしい息を嗅ぎながら縮こまった舌を探った。

ワレメに指を這わせると、断続的にビクンと腰が跳ね上がり、ギュッと締めつけていた内腿も次第にぐんにゃりと開くようになった。

ワレメを手探りで開き、内側に指を這わせるうちヌラヌラと滑らかになってきた。

いつしか早苗は抵抗をやめ、熱い息を弾ませて昭吾の舌に吸いついていた。

この、すぐ淫らな行為に反応してくるというのは、どっちの血を引いているのだろうかと興奮のさなかで昭吾は思った。

ひょっとしたら芙美子も、こうして強引にしてしまえばジットリ濡れてくるのかもしれない。

昭吾はようやく唇を離し、ヌメヌメとワレメを探りながら、ちょっぴり汗ばんだ早苗の首筋に顔を埋めた。

「ちょ、ちょっと待って……。してもいいから、制服をシワにしないで……」

早苗が昭吾を押しのけようとしながら言った。

義弟の勢いに押され気味だったが、少し落ち着けば相手は経験の浅い高一だ。難なく優位に立てるだろうと思ったのだろう。

しかし昭吾は強引に覆いかぶさったまま離れなかった。

それどころか、グイグイ指を膣にネジ込み、セーラー服をたくし上げブラをズラして乳房を露出させた。

「待ちなさいったら……。乱暴にすると怒るわよ……！」

早苗が多少声を荒げると、かえって昭吾は乳首に嚙みつきたくなった。

「キャッ……！　や、やめて……」

早苗は身体を反らせて身悶え、クネクネと下半身をのたうたせた。

昭吾は歯を立てながら舌先で乳首を舐め、根元まで膣に入れた指を荒々しく蠢かせた。

弾力のある汗ばんだ肌が艶かしく、腋の下や胸元から甘ったるい匂いが立ち昇ってきた。

もうこっそりとパジャマや下着を探ることもない。肌から発するナマの匂いを存分に味わえるのだ。

昭吾は少しずつ唇を移動させ、滑らかな肌にきりりと歯を立てながら激しい愛撫を繰り返した。

「あっ……！」

敏感な部分に触れられるたび、早苗はビクッと反応して声を洩らした。

抵抗もなくなり、痛み混じりの刺激をじっと味わい、へたに動いて血が滲むほど噛まれるのではないかと全身を硬直させていた。

膣に入れた指はトロトロと愛液にまみれ、小刻みにピストン運動するたびクチュクチュと湿った音が聞こえた。

やがて昭吾は、まくり上げたスカートの中に顔を押し込んでいった。

そして膝までズリ下げたパンティを完全に足首から抜き取り、大股開きにさせて股間に潜り込んだ。

指を抜くと愛液が糸を引き、窓から射す午後の陽射しにヌメヌメとはみ出した小陰唇が光沢を放った。

顔を寄せるだけで、思春期の匂いを混じらせた熱気と湿り気が顔に吹きつけられてくるようだった。

昭吾は柔らかな恥毛の煙る丘に、ギュッと顔を押し当てた。

「あう」

早苗が反射的に、内腿で昭吾の顔を挟みつけてきた。

恥毛には、ふっくらとした磯の香りのようなドキドキする匂いが籠もっていた。

湯上がりではない、これが本来の早苗のワレメの匂いなのだ。

昭吾はうっとりとして、シャリシャリと顔をこすりつけて恥毛の隅々に籠もる匂いを心ゆくまで味わった。

汗の匂いに混じって、残尿臭や恥垢の匂いもあるのだろう。さらにふんわりとした熱気と湿り気が馥郁と鼻腔にひっかかってきた。

滑らかな内腿の付け根も汗ばんで、昭吾の顔に吸いついてくるようだった。

舌を伸ばすと、はみ出した小陰唇の内側にヌルリと触れた。

ほのかなしょっぱい味がして、昭吾はワレメに鼻を潜り込ませるようにして膣の奥まで舐めはじめた。

膣口のまわりは、柔らかくヌルヌルした壁が複雑に入り組んでいるようだった。

「ああっ……、ダメ……」

早苗がヒクヒクと腰を震わせて喘いだ。

やはり数人とセックス体験のある彼女も、シャワーを浴びる前のワレメを舐められるのは激しい羞恥と抵抗があるようだった。

クリトリスは勃起して包皮を押し上げ、ツヤツヤした表面を覗かせていた。

昭吾は顔を上げてワレメに指を当て、小陰唇を左右に目一杯押し拡げた。

陰唇はハート型に開かれ、ヌメヌメするピンクの粘膜やヨダレを垂らした膣口、ぽつんとした小さな尿道口まで西日の光に照らし出された。

「オ××コ舐めてくださいと言って」

「いやっ……！」

早苗が激しくかぶりを振ると、昭吾は指二本をズブリと膣口に押し込んだ。

「あうっ……！」

早苗の身体がまた反り返った。

さらに三本めを挿入し、奥でグネグネ蠢かせてやった。収縮する膣は指をヌメらせ、内部のヒダヒダまで覗かせて血の気を失った。

「すごい、こんなに拡がるんだな」

「いたっ……、やめて……、言うから強く動かさないで……」

早苗が、もう完全な受け身になって弱々しい声を出した。

「よし、大きな声で言って」

「オ……、オ××コを、舐めてください……」

早苗は上気した顔をのけ反らせて口走った。

四文字を言う瞬間はキュッと膣が強く締まって、クチュッと新たな白っぽい愛液を溢れさせた。

昭吾は満足げにヌルッと指を引き抜いた。

サラッとした透明な愛液より、白っぽい方がネバネバしてちょっぴり生臭い匂いがあるようだった。

昭吾は再び顔を寄せ、後から後から溢れる愛液を舐め取ってやった。

「アアッ……！」

コリッとしたクリトリスに触れると、早苗はまるで電気にでも痺れたようにビクッと弓なりになって硬直した。

さらに昭吾は彼女の両脚を浮かせ、オシメスタイルにさせて、ぽつんと恥ずかしげに閉じて震えるアヌスにまでチロチロと舌を這わせてやった。

「ああん！　いや、そこは……」

早苗が浮かせた脚をガクガクさせて言うが、昭吾は構わずに押さえつけて舐め続けた。

ピンク色の可憐なツボミのようなアヌスは、ちょっぴり生々しい刺激臭を籠もらせていた。

それでもとびきり美人の義姉の匂いだと思うと、昭吾はゾクゾクと興奮して奥にまで舌先を潜り込ませようとした。

そしてお尻の谷間全体にも、ふっくらとした汗の匂いが籠もり、昭吾は夢中になっていつまでもヌルヌルと舐め回していた。

早苗は両手で顔を隠し、じっと息を詰めて耐えているようだった。それでも指の間から洩れる吐息に、どうしようもなく喘ぎが混じりはじめていた。

アヌスを舐める昭吾の目の前には、ピンクの花弁のような小陰唇がヒクヒクと息づき、湯気でも立ち昇らせる勢いで愛液を湧き出させ続けていた。

昭吾は指をワレメに這わせて愛液をまといつかせ、すっかり唾液にヌメったアヌスに当てがった。

力を入れると、指は簡単にヌルリとアヌスに潜り込んだ。

「くうっ……、ダメ、やめて……」

早苗が激しく顔を振った。ちょっぴり涙ぐんでいるようだ。

しかし唾液と愛液の潤滑油に、指はズブズブと根元まで挿入されてしまった。

膣ほどの体温やヒダヒダの感触は感じられず、ベタつくような感じだった。

ピンクのアヌスは血の気を失って丸く押し拡がり、呼吸さえふさがれてしまったようにキュッキュッと苦しげに指を締めつけてきた。

もう一本の指を膣に押し込み、間の肉をグネグネとつまんでやると、案外薄いものだということがわかった。

「もういや……、ヘンになっちゃう……」

早苗がハアハア熱い息を弾ませて言った。

やがて昭吾はようやく膣とアヌスから指を引き抜いてやった。

「あうう……、そっとして……」

アヌスの指を抜くときは、排泄と似たような感覚があるのだろう。早苗が顔を歪めて悶え、ヌルッと指が抜けるとアヌスはすねたようにキュッとつぼまった。

爪の先がちょっぴり曇り、さらに生々しい臭気を発した。

それでも構わず、昭吾はもう一度アヌスを舐めてやった。

やがて彼女の両脚を下ろし、アヌスから再びワレメへと舌をたどらせていった。

そして生ぬるい愛液をすすりながら、自分もズボンと下着を脱いで下半身を丸出しにしていった。

「いいか、入れるからな」

昭吾は興奮を押し殺した声で言い、腰を進めて先端を当てがった。

早苗は拒まず、かえって腰を浮かせて無意識に挿入を助けようとしてくれた。

腰を沈み込ませると、狙いたがわず一発でヌルヌルッと挿入することができた。

「あうっ……！」

早苗が白い首筋をのけ反らせて喘ぎ、しっかりと下からしがみついてきた。

せっかく優位に立てたのだ。早々と射精してしまっては面目が立たない。

昭吾は息を詰め、快感を味わうよりも必死に漏らすまいと耐えることに集中した。

だから深々と侵入して身を重ねたまま動かず、呼吸を整えながら少しずつ腰を突き動かした。そして危なくなるとまた動きを止め、それを繰り返した。

「あっ、あっ……、すごい……、もっと強くして……」

早苗が熱い息をついて下からズンズンと腰を突き上げてきた。彼女も数回のセックス体験で、クリトリス感覚から膣感覚に目覚めはじめたばかりの時期らしい。

昭吾は昇りつめそうになると気を逸《そ》らせた。

アヌスに突っ込んでいた指を早苗の鼻に押しつけて自分の匂いを嗅がせ、口の中に突っ込んで舐めさせたりもした。

「くうーっ……！」

早苗も、嫌悪感よりもアブノーマルな快感を得ているようだ。汚れた指を舐めて清め、さらに喘ぎを抑えるように、昭吾の指にカリリと歯を立ててきた。

ペニスは根元まで柔肉にくるみ込まれ、どっぷりと愛液に浸り込んでいた。

少し動いてもクチュッと湿った音がし、膣全体がモグモグとペニスを摩擦した。

まるで歯のない口にすっぽり含まれ、何度も舌鼓《したつづみ》を打たれるような、奥へ奥へと吸い込まれる快感だった。

ペニスから全身へとジワジワと快感が高まり、もう限界が近づいたようだった。しかし早苗も断続的に痙攣し、狂ったように身悶えてせわしく息を弾ませている。これだけ時間をかければもう充分だろう。

やがて昭吾は心地よいクッションのような肉体に体重を預け、本格的に腰を使いはじめた。

「ああっ、もうダメ、イク……！」

早苗が少しもじっとしていられぬようにグネグネと身悶え、喉の奥から絞りだす声を上ずらせた。

ヌメッた粘膜の摩擦される音がリズミカルに続き、それに合わせてベッドのバネがギシギシと悲鳴をあげた。

全裸ではなく乳房をまろび出し、乱れたセーラー服姿というのが何ともエロチックだった。

「くっ……！」

とうとう昭吾も限界に達した。いくら動きを止めて我慢しようにも、マグマのように噴出をはじめた勢いはもう誰にも止めることができなかった。

たちまち電撃のような快感に貫かれ、昭吾はありったけのザーメンを義姉の肉の奥に飛び散らせた。

「あうーっ……、気持ち、いい……！」

子宮の入口に熱いほとばしりを感じたか、同時に早苗もガクンガクンと全身を脈打たせて悶え狂った。膣は心地よい収縮を繰り返し、注ぎ込まれるザーメンを一口ずつ飲み込むように蠢動《しゅんどう》した。

快感はいつ果てるともなく続き、昭吾はザーメンを脈打たせながら激しく早苗の唇を求めた。

早苗も吸いついて舌を侵入させ、貪るように昭吾の口の中を舐め回してくれた。昭吾が唇を重ねたまま、トロトロと唾液を注ぎ込んでやると、早苗は息を弾ませ、喉を鳴らして飲み下してくれた。

徐々に興奮が静まってくる。しかし虚脱感はなく、義姉を征服した充実感と快感の余韻が昭吾をうっとりと酔わせてくれた。

やがてザーメンを出し尽くしても、昭吾は舌をからませながらズンズンと腰を突き動かし続けていた。

4

「ね、うちで一緒に勉強しない？　両親が旅行で、誰もいないの」

下校の途中で、また後ろから藤井恵美が昭吾を追ってきた。もう中間テストの数日前である。

恵美は、それまでの昭吾と同じ、一人っ子だった。

それで何かと昭吾に、妹のようにまつわりついてくるのだ。

「ああ、行ってもいいな……」

「本当？　じゃ急いで片付けてるから後からすぐきて」

どうせダメだろうと思っていたのか、恵美は昭吾の答えに顔を輝かせ、勢いよくパタパタと走っていった。

昭吾はほんのりと甘く生ぬるい、美少女の髪の残り香を感じながら、ゆっくりと恵美の家の方へ歩いていった。

いつもは素っ気なくしていたが、今日はほんの気まぐれだった。

最近、芙美子は横浜の会社に行っていることが多い。昭一郎は芙美子を接客に使い、重宝しているようだった。

それに早苗も、テスト前でクラブがないかわりに図書室で勉強するようになり、帰りは暗くなりかけてからだ。

誰もいない家に帰ってもしょうがない。以前なら義母や義姉の匂いを求めてオナニーするのが楽しかったが、一度女体を知ってしまうと、もうフェチオナニーなど馬鹿馬鹿しい気がしていた。

女体を知ったことで、恵美に対しても気軽にセックスできるような気持ちが起こり、今までのように照れて突っぱねるよりも積極的に快楽へ向かおうとする欲望がムラムラと湧き上がってきたのである。

だからテスト勉強などする気はなかった。

恵美だって、誰もいない家に男子を呼ぶことにドキドキとひそかな興奮を覚えているのだろう。

やがて昭吾は恵美の家に着いた。門も玄関のドアも開けてある。

前から場所は知っていたが、もちろん入るのははじめてだった。

昭吾は玄関を入り、ドアを閉めてそっとロックしておいた。

すぐに恵美が出てきて、昭吾をリビングに招き入れた。

「お前の部屋は？」

「ダメよぉ。恥ずかしいから。ここでいいじゃない」

リビングのテーブルにジュースが出されていた。恵美は着替える暇もなく、まだ制服のままである。

「お前の部屋が見たいんだ。二階か？」

「だって、散らかってるもん……」

恵美はモジモジしながらも、昭吾が階段の方に向かうと仕方なく先に上がりはじめた。

「あん……」

階段の先を行く恵美が、ようやく気づいたように駆け足で上がった。すぐ後ろから上がる昭吾が彼女の脚を見ていたからだ。

恵美は自分の部屋のドアを開け、急いでベッドの乱れを直してパジャマを布団の中に押し込んだ。

昭吾はすぐ後から入り、そんな恵美の仕草を眺めていた。

似たような形や大きさの家が並ぶ住宅街で、ここも昭吾の家と同じような間取りだった。

恵美の部屋は六畳ほどの洋間で、ベッドに机に、造りつけのロッカーなどがあり、早苗の部屋との違いはおびただしいぬいぐるみの数と、アイドルのポスターなどだった。

そして室内に籠もる甘ったるい匂いも、幼い分だけ赤ん坊のようなミルク臭に近いような気がした。

「だって、ここじゃ椅子もひとつしかないのにぃ……」

恵美はまだ恥ずかしがっているようだ。

「おれはいいよ、ここで」

昭吾はベッドに座り、花柄のカバーのある枕を勝手に手に取り、顔を押し当てて嗅いでみた。

「やあん！　ダメぇ……」

窓を開けようとしていた恵美が、びっくりして飛びつき枕を奪い返そうとした。

「どうしてそんなことするの」

髪が乳臭く香り、昭吾は枕を返してやった。それでも自然に恵美も、ベッドに並んで腰かける形になった。

「まだ赤ん坊の匂いじゃねえか」

「そんなことないもん。高校生になればもう大人の仲間よ……」

恵美は真っ赤になって小さな声で言った。

「じゃ、大人ならキスだってできるよな」

昭吾は肩に手を回し、逃げられないように押さえつけた。そして恵美が拒む隙もなく、いきなり唇を重ねていった。

「う……」

恵美はびっくりしたように肩をすくめ、少し間を置いてから顔を離そうともがきはじめた。

あまりに突然で、状況がよく飲み込めていないようだった。

昭吾は離さず、唇をピッタリ密着させたままベッドに押し倒してやった。

口紅もリップクリームもつけていない柔らかな唇が押しつぶされ、甘酸っぱいイチゴのような香りの呼吸が弾んだ。

今までは幼くて物足りなかったが、セックス体験をした昭吾は、まだ無垢な少女に教え込む喜びを発見したように思った。

「ううん……」

もがいていた恵美が、抵抗をあきらめたように力を抜き、間近すぎて疲れたのか潤んだ目も閉じられた。

舌を伸ばし、ちょっぴり湿った唇の裏側を舐め、さらに滑らかな歯並びを舌先で左右にたどってやった。

やがて前歯がオズオズと開かれ、昭吾はすかさずヌルリと侵入させた。

「あう……」

恵美が熱い息を弾ませて歯を閉じようとしたが、もう昭吾は口の中をヌルヌルと舐め回していた。

おびえて縮こまった舌を探ると、それはトロリと甘く濡れていた。女の口の中は、どうしていつも甘いのだろうと思った。

やがて恵美の舌も、無意識か好奇心によるものか、様子を探るようにチロチロと蠢きはじめた。舌の裏側にも生ぬるく甘ったるい唾液が溜まり、昭吾は舌先ですくい取るように舐めてやった。

手のひらを制服の胸に這わせると、早苗ほどではないが確かな脹らみが感じられた。

「くっ……」

ヒクッと恵美の身体が跳ね上がった。

勉強するつもりで呼んだのに、自分がなにをやっているのか混乱しているようだった。

ようやくピチャッと唇を離すと、恵美がうっすらと目を開けて長い睫毛の間から不安そうに昭吾を見上げた。

昭吾は構わず、黙々と恵美の制服を脱がせにかかった。彼女がおびえたり戸惑ったりするほど、自分は冷静に落ち着いて行動することができた。

「ま、待って、山尾君……」

恵美が胸をかばうように両手を縮めた。

「じっとしてろ。お前もおれが好きなんだろう？　全部見せてくれ」

縮めた両腕を左右に開かせ、巧みにブレザーとブラウスのボタンを外しはじめた。

「ああん……、恥ずかしい……」

恵美は涙ぐんで言ったが、もうそれ以上隠そうとせず、昭吾に身を任せた。

ビクンと恵美が震えるたび、生ぬるい少女の体臭がユラユラとかげろうのように立ち昇ってきた。

昭吾はいったん恵美の半身を引き起こし、魂を吹き飛ばしたようにフラフラと頼りなくなっている恵美の上半身からブレザーとブラウスを脱がせた。

さらにブラを外し、再び仰向けにすると見事に色白い肌が露わになった。

無垢で柔らかな肌は、まるでシッカロールでもまぶしたように白く初々しく、まだツボミのような硬い弾力を持った二つの脹らみが、せわしい呼吸とともに上下していた。

乳首は、肌色と紛うばかりの淡い桃色で、まだ乳輪さえも定かでない感じだった。

昭吾は顔を寄せ、覆いかぶさりながら片方にチュッと吸いついた。

「あん！」

恵美が声をあげ、ビクッと激しく全身を波打たせた。

はじめて他人に触れられたのだろう。それはくすぐったさとおびえと羞恥の入り混じった、新鮮で可憐な反応だった。

舌でころがしたり吸いついたりしているうちに、縮こまりがちだった乳首もコリコリと少しずつ硬くなっていった。

「ああっ……、いやあん……」

恵美はクネクネとくすぐったそうに身をよじり、甘い匂いを揺らめかせた。

昭吾は乳首を唇に挟んで引っ張ったり、敏感な腋の下にまで舌を這わせて美少女の肌の反応や体臭を味わった。

そしてせわしく起状する腹に移動し、愛らしい縦長のおヘソをクチュクチュ舐めてやった。

恵美は少しもじっとしていられず、しきりに左右に寝返りを打とうとしていた。

昭吾は制服のスカートのホックを外して引き下ろし、さらに可愛らしいパンティまで強引に脱がせてしまった。

「ああん……」

恵美は横向きになって手足を縮めた。全裸で、白のソックスだけはいている姿が何とも初々しくてエロチックだった。

昭吾も学生服を脱ぎ、下着一枚だけになって恵美の下半身に迫った。

「足を開いて見せてみな。もうとっくに生えてるんだろう?」

彼女を仰向けにし、きっちり閉じられている両膝を開かせようとした。

「やん……、恥ずかしい……」

恵美はグズグズとベソをかいていやいやをした。

しかし強引に押し開き、昭吾は近々と顔を寄せた。

白く滑らかな下腹は、まだ幼児体型を残したようにふっくらと丸みを帯び、芽生えはじめたばかりの若草がほんのひとつまみほど、ぷっくりしたヴィーナスの丘に恥ずかしげに煙っていた。

その下の谷間にあるワレメも、縦線が一本あるきりで、ピンクの花びらがほんのちょっぴり覗いているだけだった。

「あん、見ないで……」

恵美の声も、もううわごとのようにフラフラと頼りないものになっていた。

「赤ん坊のオシメみたいな匂いがするな」

「やん、言わないで……」

恵美がキュッと両足を閉じ、昭吾の両耳あたりを挟みつけてきた。

昭吾は指をV字にして当て、処女のワレメを左右に開いてみた。

肌色のワレメから、ピンクの粘膜が現れた。内側はちょっぴり湿ってヌメつき、奥の方で襞の入り組んだ膣口や、ちょっぴり突き出た包皮からクリトリスも覗いていた。

やはり小陰唇は早苗ほど発達しておらず、シワもなく小さく、ツヤツヤした色合いを持っていた。

やがて昭吾はピッタリと顔を押し当てた。

「あぁっ……！」

恵美が呻き、締めつけている内腿にビクッと力が入った。

淡い恥毛に鼻を埋めると、やはり早苗と同じような、磯の香りに似た匂いがした。

強く鼻をこすりつけると、ぷっくりした恥丘の奥のコリコリした恥骨まで感じられた。

「い、いや……、汚いわ、やめて……」

恵美が喘ぎながら言い、しきりに昭吾の顔を突き放そうともがいた。

昭吾は腰を抱えて押さえつけ、ワレメの内側に舌を伸ばした。

「あう！」

ヌルリと舐め上げると恵美の腰が跳ね上がり、そのまま硬直したように力いっぱい内腿で締めつけてきた。

膣口のまわりや奥の方は柔らかくヌルヌルしていて、ちょっぴりしょっぱい味がした。

舌を差し入れたまま押しつけ、下から上へゆっくりと舐め上げてやると、クリトリスに触れたところで恵美の腰が再び跳ね上がった。

「ああん……」

ブリッジでもするように腰を浮かせ、ヒクヒク震えながら横向きになろうとした。

昭吾は彼女の両足を抱えたまま、さらにクリトリスやワレメを舐め回してから、可憐なツボミのアヌスにまで舌先を這わせてやった。

ワレメとは違う、秘やかな匂いが籠もっているが構わずに舐め、硬くとがらせた舌先をグイグイ押しつけて奥に潜り込ませようとした。

もうペニスはブリーフを突き破るほどに勃起し、うっすらとカウパー腺液が滲んでいた。

昭吾はアヌスからワレメまで舌を移動させながらブリーフを下ろし、ようやく顔を上げて恵美にのしかかっていった。

恵美はもう、何をされているのかもわからないほど朦朧とし、ただハアハア喘いでいるだけだった。

昭吾は亀頭の先端を唾液にヌメるワレメに押し当て、ゆっくり腰を沈めていった。しかし、先端がちょっぴり入ったところで、グッタリしていた恵美がビクッと身体を反り返らせた。

「痛……、ま、待って……、お願い、それだけはしないで……」

涙ぐんだ目で見上げ、哀願するように言った。

「痛いのは最初だけだぞ。すぐに、うんと気持ちよくなるんだ」

「でもいや……、他のことなら何でもするから……」

朦朧としていても、挿入の段になると我に返るほど処女を失うことに抵抗があり、まだ気持ちの整理がつかないようだった。

強引に犯してもよいのだが、他のことなら何でもという言葉に昭吾はサディスティックな興奮を覚えた。

腰を引いて身を起こし、昭吾はそのまま恵美の胸を跨いだ。

「やん……」

ほっとしたのも束の間で、いきなり目の前にペニスを突きつけられて、恵美はサッと顔をそむけた。

もちろん、男性器を見るなんてはじめてである。しかもピンピンに勃起して、先端からは粘液が滲んでいる。いくら好意を寄せている男子のものでも、少女にはグロテスクなだけだろう。

「よく見ろ。何でもするって言ったろ?」

昭吾は恵美の髪を摑んで仰向けにし、両膝で挟んで固定してやった。

「いやあん、気持ちわるい……」

恵美はむずかりながら、固く目を閉じて言った。

昭吾は構わず前屈みになり、粘液にヌメった先端をヌルヌルと恵美の唇にこすりつけてやった。

「ウ……」

恵美はしっかりと唇を引き結んでいた。

しかし鼻をつままれ、苦しくなって開いた時にヌルッと口に押し込まれてきた。

「歯を当てるなよ。もっと強く吸いつきながら、先っぽを舐め回してみな」

昭吾は次第に荒くなる呼吸を抑えながら言い、さらに喉の奥まで押し込み、腰を上下させてピストン運動してやった。

「クッ……、アウウ……」

恵美は涙を流して呻きながら、それでも多少は馴れたのか歯を当てることもなく、次第に抵抗をやめて従うようになってきた。拒めば、強引に膣に侵入されてしまうと思ったのかもしれない。

若い方が体温が高いのだろうか。恵美の口の中は熱く、せわしい息が下腹部をくすぐって気持ちよかった。

溢れる唾液を飲み込むのがいやなのか、ペニスはたちまち温かい唾液にまみれ、それがちょっぴり唇の端から溢れて陰囊までヌルヌルと濡らしはじめた。

昭吾は急激に高まり、激しい快感に貫かれた。

そのまま恵美の喉の奥に向け、ドクンドクンと射精してやった。

「グッ……、ゴホッ……！」

いきなり喉を直撃され、残りのザーメンが恵美の顔に飛び散った。

「アアッ……！」

恵美は顔をしかめて喘ぎ、昭吾は自分でペニスをしごいて、ありったけのザーメンを可愛い顔に注いでやった。

白濁した粘液はドロドロと恵美の鼻筋や瞼を汚し、頰の丸みを流れてつややかな髪にも染み込んでいった。

そして最後の一滴をドクンと脈打たせ、恵美の開いた口に垂らし込んだ。

「全部飲めよ。今に好きでたまらなくなるからな……」

昭吾はふたたびペニスをしゃぶらせ、呆然としている恵美の顔を見下ろしながらうっとりと快感の余韻に浸っていた。

第三章　父のいない夜

1

早苗が、春の修学旅行に行ってしまった。

これで一週間ほど、セックス相手に不自由することになる。あれっきり恵美も、おびえたようにすっかり昭吾を敬遠するようになってしまったのだ。

しかし昭吾は、ムードも何もなく恵美を汚してしまったことに後悔はしていなかった。多少性急にことを運んでしまったが、本命と違って早苗や恵美は単なる性欲処理の道具で構わないと思っていた。

本命とは、もちろん芙美子である。

この美しい義母だけは、性欲処理だけではなく、身も心も自分のものにしたいと思っていた。

しかし、愛されようというのではない。強引な力関係から、次第に自分だけの性の奴隷のようにしてみたいという気持ちなのだ。

まだ十六歳だが、二十歳も年上の熟女を征服することが、最大の喜びのように感じるのである。

昭吾にとって、好奇心で動いてくる歳の近い女子など物足りない気持ちが強く、うんと年上の女を征服してこそ、はじめて自分で女を得たという気持ちになるのだった。

早苗の旅行中も、昭一郎はいつものように帰らない夜が多かった。

もちろん昭一郎は、昭吾と義母の関係に危惧など抱いていない。芙美子は控えめで大人しい性格だがしっかりしている。

それに十六歳の高校生など、まだまだ幼いと思っているだろう。確かに性欲に目覚めてはいても、テレビのアイドルかクラスの女子にほのかな思いを抱くぐらいにしか思っていないようだった。

だいいち昭一郎は、芙美子が家庭にいることで安心し、ますます自分の仕事だけに専念しているのだ。

芙美子も、もちろん昭吾に無理やり唇を奪われたことなど昭一郎には言っていない。

るはずだった。

だから二人きりの夜は、昭吾の興奮と同じぐらい芙美子はひそかに警戒してい

さすがに、寝室に鍵を取りつけるようなことはしなかったが、第一日めの夜から、二人の夕食の時の会話もどことなくぎこちない感じがした。

もっとも話しかけてくるのは芙美子だけで、昭吾は最小限の返事をするだけだった。

「お父さまも今とっても忙しい時期なの。でも、昭吾さんは寂しいのには慣れてるから平気ね？」

「うん……」

山尾商事では、おもに輸入物の貴金属や美術品を扱っていた。だから昭一郎の海外出張もたびたびのことである。

昭吾はテレビに顔を向け、黙々と食事をしながらたまにチラリと芙美子の顔を窺った。

芙美子は、確かに吸い物を飲んだようだ。

実はその中に、睡眠薬が入っているのだ。

今日の昼間、昭吾は医者に行き、睡眠薬をもらってきたのである。祖父の代か

らの知り合いで、昭吾も幼い頃からよく診てもらった内科医だった。

「なに？　夜眠れないか。君は小さい頃から神経質なところがあったし、二人も女性の家族が増えたんで気疲れしてるんだろう」

老医師はまったく疑わなかった。昭吾は前から何度も神経性の下痢を起こしたり、昭一郎もまた不眠症で悩んだ時期があったからだ。

そして薬をもらい、いろいろと服用時の注意などを受けた。

それを夕食の時、芙美子がキッチンに立った隙に彼女の吸い物に素早く入れてかき混ぜたのである。

味はそれほどないようで、芙美子は何の疑いもなく飲みほした。

もう二人とも入浴を終え、あとはテレビでも見て寝るだけだった。

やがて夕食を終え、昭吾はリビングで少しテレビを見ながら、キッチンで洗い物をする芙美子の様子に注意していた。

芙美子の様子に変わりはない。

あまり大量に入れては味がわかってしまうと思い、量を少なくしたせいかもしれない。

それでも寝入りばなさえ気づかれずに全裸にしてしまえば、途中で目を覚まされても構わなかった。

睡眠薬など使わなくたって、今朝早く昭一郎を送り出してからずっと家事や買物をして疲れているはずだ。昨夜だって遅くまで、早苗の旅行準備を手伝っていたし、いったん眠りに落ちれば少々のことでは目を覚まさないに違いない。

「眠くなったから、もう上へいく……」

昭吾はわざとらしく言い、テレビを消して二階へ引き揚げていった。

そして自室のドアも閉めず、パジャマに着替え階下の物音に全神経を集中させていた。

芙美子は洗い物を終え、バスルームの火の元や玄関と裏口の戸締まりを確認して廻っているようだ。

そしてトイレに入り、出てから階下の明かりを消し、すぐに寝室に入ったようだ。

昭吾は芙美子が寝巻に着替えて布団に入る時間を計り、少し経ってから足音をたてぬよう、そろそろと階段を下りた。

階下に下りて暗い廊下を忍び足で進み、寝室の近くまで行って壁に耳を当て、中の気配に耳を澄ませた。

引き戸の隙間から明かりは洩れていない。やはり布団に入っているようだ。

昭吾は戸の前まで進んだ。

手には小型のペンライトを持っている。しかしまだ灯りはつけていなかった。中は寝返りを打つ気配もなく、しんと静まりかえっていた。

昭吾は唇を湿らせ、意を決して戸に手をかけた。そして静かに少しずつ開けると、ようやく芙美子の規則正しい寝息が聞こえてきた。

思惑どおり、深い眠りに落ちているようだ。

昭吾の侵入を予想もしておらず、当然ながらつっかい棒や障害物などの仕掛けも置かれていなかった。

やはり昭吾を子供とあなどり、唇を奪われた時に頬を叩いたことですっかり昭吾が萎縮しているとでも思っているのだろう。

身体が入る分だけ開け、昭吾は風のように素早く入り込んだ。

今夜はそれほどむし暑くもなく、芙美子はちゃんと布団をかけて眠っていた。

昭吾は芙美子の枕元に近づき、腰を下ろした。

ここまで冷静にやってきたが、芙美子の顔を目の前にすると急に緊張が突き上がってきた。まるで本来の気弱な少年に戻ってしまったようだ。

それに、あの程度の量の睡眠薬の効き目などあまり信用していなかった。医師が十六歳の少年に渡した薬だ。気休め程度のものでしかないだろう。

それでも芙美子に対する欲望が消えることはなかった。もう後戻りはできないのだ。

昭吾は屈み込み、そっと顔を寄せていった。

仰向けの芙美子は何も知らずに睫毛を閉じ、かすかに胸を上下させて布団の間から甘い湯上がりの匂いをさせていた。

夕食の洗い物の後に歯を磨いたのだろう、芙美子の呼吸はほんのりとハッカの匂いがした。

昭吾はそっと唇を重ねてみた。これで目を覚ましたら強引に犯すほかないと思った。

しかし芙美子は、僅《わず》かにピクッと反応しただけで、生暖かく湿り気のある寝息が乱れることはなかった。

昭吾は唇を舐め、芙美子の歯並びを舌先でたどった。唇の裏側や滑らかな歯茎はちょっぴり唾液に濡れていたが、前歯はかっちりと閉じられたままだった。

まさか鼻をつまんで口を開かせるわけにもいかない。いくら何でも目を覚ましてしまうだろう。

昭吾は唇を離し、芙美子の脚の方へ廻った。そしてペンライトをつけ、芙美子の爪先の方からゆっくりと布団の中に潜り込んでいった。

何だか、温かく柔らかな洞窟の中を探険しに入っていくようだった。

掛け布団は薄手で、さらに毛布がある。ライトに照らされて、芙美子の白く形よい素足が覗いた。

今夜の芙美子も、パジャマでもネグリジェでもなく浴衣だった。ひょっとしたら昭一郎の好みなのかもしれない。

昭吾はまず顔だけ潜り込ませて芙美子の爪先をつまみ、脚を左右に大きく開かせた。そして彼女の股間に向けて這っていった。

ぼうっと薄明るく照らされた布団の中は暖かく、ほんのりと芙美子の肌の匂いがした。

浴衣の裾を開くと、ムッチリとした滑らかな脚が間近に迫り、昭吾は思わず顔を押し当てた。

スベスベとしたふくらはぎや脛《すね》はムダ毛もなく、さらに丸い膝小僧から太腿にかけて、見事な量感を持って神秘の部分へと続いていた。

さらに進んで内腿に頬を当て、左右の柔らかな感触を味わった。

股間が間近に迫ると、湯上がりの肌の匂いだけでなく、何となく生ぬるいふっくらとした体臭が感じられはじめた。

ライトを股間に向けると、左右対称に開いたムチムチした内腿の中心に白いパンティが見えて、ぷっくりとした恥丘の脹らみがはっきりとわかった。

その薄い布片の奥に、あれほど空想し憧れ続けた義母のワレメがあるのだ。昭吾は胸を高鳴らせ、暖かい布団の中でちょっぴり苦しげに息を弾ませた。

帯の結び目が身体の横にあり、解いてから完全に浴衣を左右に拡げた。

よほど深く眠っているのか、芙美子は寝返りを打つ気配もない。昭吾は最後の一枚に指をかけ、注意深くそろそろと引き下ろしはじめた。

白いパンティが、むき卵の薄皮でもはぐようにくるりと裏返った。

腰を通過させる時は、浮かせるのに多少苦労したが何とか通り抜けることができた。

(ひょっとしたら親父に脱がされる夢でも見ているのかもしれない……)

昭吾はふと思い、あらためてこの美しい熟女が父のものであることを痛感した。

それを必死に頭から追い払い、昭吾は目の前の作業に没頭した。

開いた脚をいったん閉じさせてパンティを下ろし、足首から抜き取ってから再び大股開きにさせた。

中心にライトを当て、近々と顔を寄せる。

はじめて見る義母の神秘の花園だ。昭吾はゴクリと生唾を飲んだ。

恥毛はそれほど濃いほうではない。しかし黒々として艶があった。

そしてワレメから僅かにはみ出した小陰唇が、やや縦長のハート形にめくれ、内側のツヤツヤしたサーモンピンクの粘膜を覗かせていた。

恵美のような処女のワレメとは違い、脚を開いているだけで奥のヌメリやクリトリスが見えていた。

昭吾は指を当てて目一杯ラビアを拡げてみた。

ほんのりと湿り気を帯び、艶かしく息づく膣口が覗いた。ここから早苗がヌルヌルと出てきたのだ。

昭吾は堪らず、顔を寄せてチロリとクリトリスを舐めてみた。

反応はない。さらにワレメに舌を潜り込ませ、膣口のまわりをクチュクチュと舐めてやった。

味はあまり感じられないが、ヌルヌルする柔らかな襞の舌触りがあった。

「うん……」

布団の外で規則正しい寝息を繰り返していた芙美子が、小さく声を洩らして悩ましげに腰をクネらせた。

そして脚を縮こめようとしたが、寝返りを打つほどでもなく、すぐに動かなくなり寝息も平常に戻った。

昭吾は手のひらを上に向け、唾液にヌメった膣口に中指を押し込んでみた。指は何の抵抗もなく、ひとりでに吸い込まれていくようにヌルヌルと根元まで入ってしまった。

中は温かく、柔らかな肉が四方から吸いつくように指を締めつけてきた。

そっと小刻みに前後させると、かすかにクチュクチュと音がして、心地よいヒダヒダの感触や天井のツブツブがはっきりとわかった。

いじっているうち、たまに芙美子の内腿がピクッと閉じようとしたり、小陰唇がぽってり熱をもって色づいてきた。

指の前後運動も次第にヌルヌルと滑らかになり、包皮を押し上げて突き出たクリトリスも、真珠のようにツヤツヤとしてきたようだ。

昭吾は指を蠢かせながら、クリトリスを舐め上げてやった。ほんのりと生ぬるい体臭が濃くなって、舌の圧迫に花芯がクリクリと逃げ廻った。

「あう……、ううん……」

芙美子の呼吸が次第に荒くなり、吐息に悩ましげな喘ぎが混じるようになった。

昭吾は顔を上げ、ゆっくりと指を引き抜いた。

蜜が糸を引き、いつかワレメ全体はトロトロと濡れてライトに光っていた。

(やっぱり早苗と同じように、とても濡れやすい体質なんだ……)

昭吾は愛液をペロリと舐め上げた。

舌にネットリとまつわりつく愛液は、ほんのりと酸っぱいような味がした。舐め続けても、自分の唾液よりも後から後から溢れてくる愛液の方が多いようだった。

芙美子は生ぬるい匂いを揺らめかせながら腰をよじり、ハアハア息を弾ませていた。しかし目を覚ます気配もなく、やはり睡眠薬が効いているのかもしれなかった。

昭吾は顔を潜り込ませ、ライトで照らしながらアヌスの方まで観察した。

それはぽつんと閉じられた可憐なピンク色でここだけは早苗や恵美とも同じような形だった。たまにヒクヒクと収縮し、菊花のような襞を蠢かせた。

昭吾は舌を伸ばし、くすぐるようにチロチロと舐めてやった。

湯上がりで味も匂いもないのが物足りないが、美しき義母のいちばん秘めやかな部分だと思うと激しく興奮した。

顔を潜り込ませてアヌスを舐めていると、鼻先がヌメヌメのワレメに押しつけられ、たちまち昭吾の顔中が愛液にまみれてしまった。

舌と首が疲れ、布団に潜りっぱなしだったので苦しくなり、やがて昭吾は顔を上げた。

そしてパジャマのズボンと下着を脱ぎ、勃起したペニスをワレメに向けてのしかかっていった。

当てがい、ヌメリをまといつかせるように何度か亀頭でワレメの表面をこすり、やがてズブズブと挿入していった。

「くっ……！」

芙美子が呻き、ビクンと肌を震わせた。

一気に根元まで押し込み、昭吾ははだけた浴衣の間からまろび出た乳房に屈み込んで顔を埋めた。

乳首はすっかり硬くなり、舌の圧迫を弾き返してくるようだった。

柔肉はペニス全体を優しく包み込み、モグモグとくわえながら吸いついてきた。

弾力をもって息づく肌が、ほんのり汗ばんでピッタリと密着し、シャリシャリと恥毛がこすれ合った。

少しでも動いたら射精してしまうだろう。

昭吾は乳首から口を離して顔を上げ、完全に身体を重ねて甘い匂いの首筋に顔を埋めた。

「ああっ……、いや……」

芙美子が眉をひそめて首を振り、やがてぱっちりと目を開いた。

2

「昭吾さん！　何をしてるのっ……!?」

芙美子が声をあげ、状況を悟ってハッと全身を緊張させた。

同時にキュッと膣が締まり、昭吾は必死に暴発をこらえた。

「は、離れなさい……、何てことするの……」

芙美子は両手を突っ張り、昭吾の身体を突き放そうとした。しかし力が入らないようである。

「気持ちいいんだろう？　おれがオ××コをいっぱい舐めてやったんだ。眠りながらヌレヌレになってたぜ」

「バ、バカなことしないで……、早く離れて……」

「自分で濡れてるのがわかるだろ？　ほら」

昭吾は腰を前後させてやった。

布団の中で、ピチャクチャと濡れた粘膜のこすれる音がした。

「や、やめ……、アアッ……！」

芙美子はビクッと身体を反り返らせて喘いだ。

「イキそうか？　このままイってもいいんだぜ。一晩中、何度でもしてやるから」

昭吾は昇りつめそうになる腰の動きを止め、密着した身体の左右からはみ出しそうになっている豊かな乳房を揉みしだいてやった。

「あ……、あうっ……、やめなさい……」

芙美子は力なく腕を上げ、頬をパチンと叩こうとしたがすぐ押さえられてしまった。

昭吾はのしかかりながら芙美子の両腕を押さえつけ、ピッタリと唇を重ねた。

「ウ……」

芙美子は必死に顔を振って逃れようとするが、昭吾も執拗に求め続けた。

熱くかぐわしい息が弾み、唾液にヌルヌルと形よい唇が濡れた。

もう限界だった。

昭吾は急激に高まり、後は夢中で腰を突き動かし続けた。

「ああっ……！　い、いやっ……」

芙美子の顔がのけ反り、昭吾を乗せたままガクンガクンと全身を揺すった。拒絶反応と快感が入り混じり、まして夢から覚めた直後で、自分が何をしているかもわからなくなっているようだ。

昭吾はたちまち激しい快感の怒濤に巻き込まれた。

「くっ……！」

息を詰めて禁断の快感を受け止め、熱い大量のザーメンを脈打たせた。

そしてのけ反る芙美子の白い首筋を舐め、いつまでも律動して最後の一滴まで注ぎ込んでやった。

いくら何でも強姦までしてしまっては、芙美子も普通ではいられないだろう。早苗や昭一郎のいる前で、今までのように平然と昭吾には話しかけられないだろうし、いっそう警戒は厳しくなり寝室に鍵がつけられてしまうかもしれない。

いや、それ以上に離婚にまで発展してしまうかもしれない。

いわば今夜のセックスが最初で最後になる可能性もあるわけだ。

それでも後悔はなかった。むしろ昭吾は心残りのないよう、今夜一晩とことん犯してやるつもりだった。

芙美子が快感に我を忘れてメロメロになれば、今後とも自分の性の奴隷として、いつまでも同居し身体を開かせることだってできるのだ。

だから昭吾は、射精の快感が過ぎ去っても身体を離さずペニスも引き抜かなかった。

「ああ……」

昭吾が動きを止めて体重を預けると、芙美子はせわしく息を弾ませて胸を上下させた。中に入ったままのペニスは完全には萎えず、芙美子が息をつくたびキュッキュッと肉襞に挟みつけられてヒクヒクと脈打った。

「気持ちいいだろう。このまま抜かずに何発もしてやる」

昭吾も呼吸を荒げて言い、彼女の頭に腕を回して再び唇を重ねた。

もう振り切ろうとする気力もないようで、芙美子はそのままグッタリとしていた。

力なく開いている前歯の間からヌルリと舌を差し入れ、昭吾は義母の甘い口の中を舐め回した。

早苗や恵美とは違う、大人の女の味と匂いだ。

さんざん喘ぎ続けて乾いた隅々に湿り気を与えてやり、トロリと甘い舌を探った。

放心している芙美子に反応はないが、執拗に舌をからませると逃げるようにチロチロと蠢いた。

ふっくらとした色白の豊かな頬は上気して桜色に染まり、長い睫毛は涙に濡れていた。さらに乱れた髪が汗ばんだ頬の半面に貼りつき、何とも色っぽい表情をしている。

いつまでも舌をからませ続けているうち、すぐに昭吾のペニスは芙美子の肉の奥でムクムクと回復しはじめてきた。

中のザーメンは少しずつ逆流し、愛液と入り混じって間からトロトロと滲み出し、昭吾の陰嚢や芙美子のアヌスの方まで濡らしはじめていた。

「あうう……」

ペニスの容積が増してくるのを感じたか、放心していた芙美子が喉の奥で呻いた。

「また出すからな。それとも口でする方がいいか?」

昭吾は唇を離して囁き、また少しずつ腰を突き動かしはじめた。

芙美子にとっては悪夢のようだったろう。まだ十六歳の高校生の少年に辱めを受け、いいように弄《もてあそ》ばれているのだ。

消極的でシャイな少年だと思っていたのは大きな間違いだったことに気づいたようだ。

一度めに放出したザーメンのため動きはいっそう滑らかで、クチュクチュという音も大きかった。

そして昭吾も、射精直後だけに気分も落ち着き、少々激しくリズミカルに動いても暴発する心配はなかった。

逆に、眠っている時から愛撫されていた芙美子は、次第に快感の方が大きくなり、それにのめり込もうとする自分を引き止めるのに必死だった。

「く……、あう……、もういや……、変になりそう……」

「感じてるんだな? もっと声を出してみろ。どうせ誰もいないんだ」

昭吾は快感を拒み続ける芙美子の艶かしい表情を見下ろしながら、残酷な笑みをたたえて子宮の奥まで突きまくった。

「あう……、あう……」

ズンと突き入れるたび、芙美子は呻いて豊かな乳房を震わせた。

すっかり上気した肌は、もう湯上がりの匂いよりも熟女の体臭の方が強く感じられた。

ペニスは完全に勃起し、それでも射精まではまだまだ充分に余裕があった。

やがて昭吾は挿入したまま布団をはいだ。そして身体を起こし、芙美子の片脚を持ち上げて彼女の身体をゴロリと横向きにした。

射精までは間があるし、芙美子ももう一切の抵抗をしなくなっていたから、雑誌で見たことのあるいろんな体位を経験してみたかったのだ。

昭吾は彼女の下になった脚を跨ぎ、浮かせた脚を抱くようにしてズンズンと腰を突き動かした。

「あっ……、ダメぇ……」

芙美子の言葉も切れぎれになり、やがて喘ぐばかりとなってしまった。

昭吾はヌメった膣を突きまくり、浮かせた脚を反対側に下ろし抜けないよう腰を押しつけながら芙美子をうつ伏せにした。

「尻をこっちに突き出せ。もっと高く持ち上げて」

昭吾は豊かな腰を抱えて言った。

挿入したまま、いつしか芙美子は四つん這いになり、シーツに顔を埋めて尻だけ高く突き出してきた。

もう何も考えられず、ただ昭吾の言葉どおりにフラフラと言いなりになっているようだった。

芙美子が目を覚ましたのが、挿入していた時というのが昭吾にとって幸運だった。もし互いの身体が離れていたら、慣れていない昭吾にはとても犯すことなんかできなかっただろう。

とにかく、憧れの義母をこうして犯している。しかも二回めで、挿入したまま正常位からバックにまで持っていったのだ。

昭吾は快感と幸福感に満たされていた。まだまだ、朝までえんえんと時間がある。体力の続くかぎり犯せば、いくらかたくなな芙美子もきっと昇りつめ、自分のセックスの奴隷になるだろう。

昭吾は芙美子の形よい尻を抱えて、後ろから突きまくった。

「アアッ……!」

うずくまっている芙美子が、滑らかな背中を反らせて身悶え、キュッと膣を締めつけてきた。逆ハート形の尻が別の生きもののようにうねうねと悶え、昭吾はその背中に覆いかぶさり、左右から両手を回し豊かな乳房をわし摑みにした。

いつの間にか、芙美子自身も昭吾の動きに合わせて腰を前後させているようだった。

力を込めて深々と押し込むと、芙美子の尻の谷間が吸盤のように昭吾の股間に吸いついてきて、引く時にクチュッと湿った淫らな音がした。

揺れる陰嚢がヌメヌメのワレメに当たり、激しく動くうち昭吾もジワジワと快感が突き上がってきた。

(二回目は口に出してやろうか)

ふと思い、昭吾はペニスを引き抜こうとした。

「ああっ……、いや……」

すると、芙美子の尻が抜かれるのを拒むように、一緒に昭吾の股間についてきたのだった。

それは口内発射が嫌なのではなく、快感の途中で引き抜かれるのが嫌なような仕草だった。

明らかに、芙美子はオルガスムスを迎えようとしているのだった。

「このままがいいのか。気持ちいいんだな？」

昭吾は乳房を揉みながら言い、抜くのをやめてさらに激しく突いてやった。

「あう……！」

芙美子はシーツに顔を伏せ、しきりにいやいやをした。

しかしどうしようもなく喘ぎが洩れ、豊かな尻はビクンビクンと波打っていた。

そしてヌメった柔肉でペニスを包み込み、心地よい収縮と摩擦を続けてくれた。

せっかく芙美子が昇りつめようとしているのだ。口内発射は次の機会でいい。

昭吾も絶頂間近にして、力の続くかぎり腰を使い義母の花弁を突きまくってやった。

「くっ……、イク……！」

昭吾は喉の奥で呻き、たちまち全身にゆきわたる激しい快感の中、狂ったように腰を突き動かし続けた。

二度めでも、有り余るザーメンはドクンドクンと大量に注がれた。

「アアーッ……！　いやいやっ、ダメ……！」

子宮の入口を直撃するザーメンのほとばしりに、芙美子もとうとう絶頂へのスイッチが入ってしまったようだった。

狂ったように声を洩らし、昭吾を背に乗せたままガクンガクンと全身を波打たせた。膣は神秘的な蠢きをみせ、ペニスから貪欲にザーメンをしごき取るような激しい収縮をした。

一度めと違い、互いのオルガスムスが一致した時は何という大きな快感だろうと昭吾はあらためて思った。

芙美子は痙攣するように全身をクネらせ、うわずった喘ぎを洩らし続けた。昭吾はありったけのザーメンを絞り出し、いつまでも動き続けた。ペニスと膣口の間から二回分のザーメンがトロトロと溢れ、芙美子のムッチリとした内腿を濡らした。

やはり強引にでも犯してしまえば、快感を知っている熟女はこうして反応してしまうのだと思った。

やがて昭吾は満足げに力を抜き、そのままグッタリと芙美子の背にのしかかった。

3

いつ眠り込んでしまったのか、記憶は定かでなかった。

それでもぼんやりと、ひとつの布団の中で芙美子と全裸のまま、肌をくっつけ合って眠っていたようだ。

結局、正常位とバックと、二回射精しただけだった。

オナニーなら続けて三、四回ぐらいわけはないのだが、やはりセックスは、自分の楽な体勢でするオナニーとはわけが違うのだろう。

それに義母を犯すという行為に、精神的にもクタクタになっていたのだろう。

まして拒んでいる芙美子は完全な受け身だ。動くのは常に昭吾の方である。

まあ今後、芙美子が言いなりになれば昭吾がじっと仰向けになり、フェラや女上位をさせれば何度だってできるだろうと思った。

昭吾が目覚めたのは明け方の六時頃だった。

芙美子の姿はない。

昭吾は全裸のままで、枕元には昭吾のパジャマがたたまれていた。しかし芙美子の寝巻や下着はなかった。

(出て行ってしまったんじゃないだろうか……)

昭吾は急に不安に襲われた。

が、すぐにほっと安心した。バスルームの方から、湯を流す音が聞こえてきたからである。

すぐに昭吾も布団から出て、全裸のままバスルームに行った。

長い父子家庭で、バスルームには鍵などついていない。

いきなりガラリと戸を開け、中に入っていった。

「出てって。あなたの顔なんか見たくないわ……」

身体を洗いながら顔をそむけ、芙美子が抑揚のない声で言った。

「あんただって感じてたじゃないか。イったんだろ？　あの時」

昭吾は構わず中に入り、芙美子の手からシャボンのついたスポンジを取って自分で股間を洗った。

洗いながら、泡にまみれた芙美子の裸身を見るうち、たちまち若々しいペニスはムクムクと鎌首をもたげはじめた。

手を伸ばし、豊かな乳房をヌルヌルと手のひらで撫ぜた。

芙美子は拒まず、逆に反応もしなかった。昨夜のことで頭が混乱し、肉体の反応どころではないのかもしれない。

まして今夜は昭一郎が帰ってくるだろう。夫婦生活を求められたら、一体どのように対処してよいのかわからない。

「気持ちよさだけで充分じゃないのか？　何も考えなくて」

昭吾が、芙美子の心を見抜いたように言い、完全に身を寄せてヌルヌルとシャボンまみれの肌を愛撫しはじめた。

背後から両手を回して乳房を揉み、勃起したペニスをグイグイ尻にこすりつけてやった。

「あう……」

芙美子が小さく声を洩らし、悩ましげに肌をクネらせた。

少しは眠ったのだろうが、まだ禁断のオルガスムスの余韻が身体の隅々に残っているのかもしれない。

やがて昭吾はシャワーを出し、互いのシャボンを洗い流した。

そして芙美子を洗い場の椅子にかけさせたまま、自分はバスタブのふちに腰かけ、ペニスを彼女の鼻先に突きつけてやった。

「舐めてみな。尺八うまいんだろ？」

髪を摑み、そむけようとする顔を引き寄せて固定した。

「ウ……」

亀頭の先端を唇に押しつけても、芙美子は固く引き結んでいた。

昭吾はあきらめず執拗にこすりつけながら、爪先で彼女の股間をグリグリと探ってやった。

「アアッ……！」

足の親指の先が、ワレメの内側にヌルッと触れた。シャボンの残りか愛液か定かでないが、反射的に芙美子は口を開き、すかさずペニスが潜り込んだ。

芙美子の口の中は温かく、尿道口に触れた舌がサッと奥に引っ込んでしまった。

昭吾はさらに顔を引き寄せ、喉の奥まで深々と押し込んだ。

芙美子は嚙みつこうとはせず、美しい顔をしかめてじっとしていた。

ペニスが温かい唾液にまみれ、せわしい呼吸に下腹をくすぐられながら、昭吾は快感をかみしめていた。

憧れの義母にフェラチオされているのだ。本来ならあっという間に暴発してもおかしくない。

しかし昭吾は、いま芙美子を支配しているのだという気持ちが先にたち、年上とはいえ受け身に終始している彼女よりはずっと落ち着くことができた。

「もっと舐めるんだ。うまそうにしゃぶってみな」

彼女の顔を前後させ、クチュクチュと動かしてやった。

溢れた唾液にペニス全体がネットリと濡れ、眉をひそめてくわえる芙美子の表情が色っぽく、それを見下ろすのは何とも心地よかった。

昭吾はしゃぶらせながらも、爪先で彼女のワレメを愛撫し続けていた。

「ううん……」

たまに敏感な部分に触れるたび、芙美子は熱い息を弾ませて呻き、反射的にチュッと強く吸いついてきた。

足の親指をワレメに潜り込ませて蠢かせるうち、いつしか動きがヌルヌルと滑らかになっていった。

ようやく、舌先がオズオズと先端に触れ、様子を探るようにチロチロと動いてきた。

尿道口の下に舌が触れてくると、快感にピクンとペニスが脈打った。

キュッと締めつけてくる唇が気持ちよく、さらに芙美子は上気した頬をすぼめ、強く吸いはじめてきた。

どうあっても射精するまで終わらないと悟り、あきらめて本格的に愛撫をはじめたのかもしれない。

昭吾は次第に快感にのめり込み、爪先愛撫をやめて、全てを芙美子に任せはじめた。

そして両手で彼女の顔をリズミカルに前後させはじめた。

「ウウ……」

喉の奥にまで押し込まれ、芙美子は咳き込みそうになって呻いた。

生温かい唾液がトロトロと唇から溢れ、陰嚢をネットリと濡らした。

やがて昭吾は、昇りつめる前にペニスを引き抜いた。そして陰嚢をしゃぶらせ、さらに片脚を上げ芙美子の肩にかけて引き寄せ、アヌスまで舐めさせてやった。

「もっと奥までベロを入れてみな。ゆうべはおれだって舐めてやったろ？」

昭吾は、股間に芙美子の息を感じながら言った。

芙美子の舌が、いやいやアヌスに押し当てられ、クネクネと蠢いた。

昭吾はなるべく力を抜き、彼女の舌を奥まで受け入れようとした。何だか、アヌスから風が入るような、むず痒い快感があった。

芙美子の唾液に濡れて光るペニスが、ビクンビクンと脈打っていた。身体中から力が抜け、このままトロトロと溶けてしまいそうだった。

もう限界である。

昭吾は片脚を下ろし、再び元の体勢になってペニスを含ませた。

そして激しく芙美子の顔を前後させた。

「アウ……！」

「このままイクくからな、全部飲んで……」

昭吾は舌と唇の摩擦に喘ぎ、たちまち快感に貫かれた。

ペニスが激しく脈打ち、大量のザーメンがパニックを起こしたように一気に尿道口にひしめき合った。

「ク……、ウウ……」

口の中に溢れる熱いザーメンを、芙美子は喉に詰めぬよう息を止めて受け入れた。

ほとばしりはドクンドクンといつまでも続き、やがて芙美子は顔を固定されたまま仕方なく、少しずつ喉に流し込みはじめた。

ゴクリと喉が鳴るたび口腔がキュッと締まり、ペニスが舌と軟口蓋《なんこうがい》に挟みつけられた。

昭吾は快感に上体を反らし気味にして喘ぎ、アヌスを引き締めて最後の一滴まで絞り出してやった。

ようやく出しきり、ペニスを引き抜くと芙美子はハーッと震える吐息をついた。

どうやら一滴残らず飲み込んだようだった。

昭吾はまだ解放せず、ヌメる尿道口を芙美子に舐めて清めさせた。

そして快感が過ぎ去ると今度は尿意を催し、昭吾は下腹に力を入れて、そのままの姿勢でチョロチョロと放尿をはじめた。

「アッ……！」

芙美子がサッと顔をそむけたが、水流は彼女の豊かな胸の谷間に注がれ、肌を伝って股間まで流れ落ちていった。

「温かくて気持ちいいだろう」

昭吾は嗜虐《しぎゃく》の快感に舌舐めずりして言った。何だか射精したばかりなのに、その刺激にまた勃起しそうで、水流が乱れて途切れがちになった。

やがて放尿を終え、昭吾はまた尿道口を舐めさせた。

「見ててやるから、今度はあんたがしてみろ。女がオシッコするとこ見るのははじめてなんだ」

昭吾は入れ替わりに芙美子を引き立ててバスタブのふちに座らせ、自分はその前でプラスティックの椅子に座った。

「いや……、バカなことさせないで……」

芙美子は弱々しく言った。

もう義母という立場は、強引にしろ昨夜オルガスムスに達してしまったことで消え失せてしまったようだ。

だから何をしようと、もう昭吾を叱ることもできず何でも言いなりになってしまうよりなかった。

「もっと脚を開けよ。奥までよく見えるように」

昭吾は顔を寄せ、芙美子を大股開きにさせて陰唇を拡げた。

サッシ越しに射す朝日に照らされ、ヌメヌメとしたサーモンピンクの肉襞が露になった。

やはり膣口のまわりはヌルヌルと愛液にまみれ、クリトリスも色づいて勃起していた。

その膣口とクリトリスの間に、ポツンと小さな尿道口があるのが見えた。

「ここから出るんだな。早く出してみな」

「ああっ……、出ない、こんな格好で……」

芙美子は内臓をヒクつかせながら言った。

昭吾は顔を寄せ、ワレメの内側を舐め上げてやった。

「あう！」

芙美子がギュッと内腿を閉じて昭吾の両頬を挟みつけてきた。

生ぬるい舌触りでちょっぴり酸味が混じり、確かに、覚えたばかりの愛液の味がした。

昭吾はさらにクリトリスを吸い、膣口の奥まで舌を潜り込ませてクチュクチュ舐めてやった。

もうすっかり奥まで洗い流され、昨夜の二回分のザーメンの匂いはしなかった。

「まだか？　もっと吸ってやろうか？　出すまで終わらないぜ」

見上げて焦らすように言うと、芙美子もあきらめたように頬を緊張させ、唇を引き締めて下腹に力を入れはじめたようだった。

「あ……、本当に出ちゃう……、は、離れて……」

芙美子が上ずった声で言った。

昭吾は両の親指で陰唇を拡げたまま、顔を離してワレメの中心を見守った。

ヒクヒクと膣口が収縮し、奥の柔肉がこちらにせり出してくるように艶かしく蠢いた。

そしてチョロッと透明な水流が漏れた。漏れたというより、ワレメの内側を洗

い流すように拡散し、後からポタポタと溢れてくる感じだった。

「ああ……、み、見ないで……」

芙美子が顔をのけ反らせて言ったが、もう、一度ゆるんだ尿道はとめどないようだった。

水流は間もなく勢いを増し、ようやくこちらに向けてチョロチョロと注がれてきた。

「あん……、かかっちゃう……」

芙美子はうわ言のように言い、悩ましく腰をクネらせた。

ゆるやかな放物線を描いたそれはピチャピチャと昭吾の胸にひっかかってきた。

湯気が立ち昇るほど温かく、ほんのりと控えめな尿の匂いがした。

胸に当たった流れは肌をいく筋も温かく伝わって、ペニスまでどっぷりと浸してくれた。しかし量はそれほど多くなく、間もなく流れは治まった。

ワレメの内側に顔を寄せると、さらに艶かしい匂いがして、それを洗い流すかのように新たな愛液が後から後から溢れているのがわかった。

昭吾は吸い寄せられるように顔を押し当て、ヌルヌルするワレメを舐めてやった。

「ああっ！　やめて、汚い……」

芙美子は突き放そうとしたが、もうあまりの刺激の連続にフラフラと夢見心地のように頼りなくなっていた。

ワレメはちょっぴりしょっぱく、それでも汚いとは思わなかった。

膣口からクリトリスまで舐め上げ、チュパチュパと音をたてて吸いついてやった。

「あっ……、ああっ……！」

芙美子は本格的に喘ぎ、グネグネと身悶えはじめていた。そして、いつか突き放そうとしていた両手がしっかりと昭吾の頭を押さえつけ、そればかりかグイグイとワレメに押しつけはじめていたのだった。

やがて昭吾が舐め続けるうち、芙美子はとてもバスタブのふちには座っていられずに、力が抜けたようにクタクタと昭吾の方にくずおれてきた……。

4

夜、昭一郎が帰宅した。そして三人の夕食の時、昭吾はテーブルの下でこっそり足の爪先を伸ばし、芙美子の太腿に触れてみた。

芙美子がビクッと身を硬くし、気づかれなかったかオドオドと昭一郎を見た。

さすがに、唇を奪われただけと違って芙美子も平静ではいられないようだった。

昭吾ににこやかに話しかけることもせず、昭一郎にさえビクビクと顔色を窺っているようだ。

さらに悪戯心を起こし、昭吾は何か落としたふりをしてテーブルの下に潜り込み、そっと芙美子のふくらはぎを舐めてやった。

脚がサッと引っ込み、芙美子はもう居ても立ってもいられないようだった。

やがて夕食を終え、昭一郎が風呂に入った。

「お願い、昭吾さん……。あんまりいじめないで。あたし、気が変になってしまいそう……」

芙美子は本心から参っているように、哀願する口調で囁いた。

「悩むことなんかないだろ？　女の側の親子丼ってやつじゃないか」

「こんな子だと思わなかった……」

芙美子は哀しげに吐息をついた。

「じゃ、留守中にコソコソと口紅や下着をいじっていた方がよかったか？」

「困らせないで……。もうあたし、どうしたらいいのかわからない……」

「気持ちいいのを楽しむことだけ考えてりゃいいんじゃないのか」

昭吾はうそぶき、いきなり芙美子を抱き寄せて荒々しく唇を奪った。

「ウ……」

芙美子が眉をひそめ、甘い息を弾ませた。

しかし昭吾がヌルヌルと唇を舐め続けるうち、かっちりと閉じられていた唇と前歯が次第に開き、押しきられるように昭吾の舌の侵入を許してしまった。

ネットリと甘く濡れた舌をからめ合い、昭吾はブラウスの上から乳房にモミモミと手のひらを這わせた。

「アウ……」

芙美子が鼻を鳴らし、もう立っていられないほどガクガクと膝を震わせた。

昭吾は芙美子の舌を吸いながら彼女を壁ぎわに押しつけ、膝頭をスカートの奥に侵入させてグイグイと股間を刺激してやった。

「親父の風呂は長いんだ。一発ぐらい済ませられるな」

唇を離して言うと、芙美子は目を見開いて必死にいやいやをした。

「そ、そんてこと、とってもできないわ……」

「じゃ、また尺八がいいか。それなら脱がないで済むだろう」

昭吾はリビングのソファに腰を下ろして、ジッパーの間からピンピンに勃起したペニスを引っ張り出した。

そして脚を開き、芙美子をカーペットにひざまずかせた。

「さあ、テクニックでなるべく早くイカせてみな」

両手で顔を引き寄せ、喉の奥まで深々とペニスを飲み込ませた。

「ウグ……」

芙美子は熱い息を弾ませ、やがて迷いをふっ切ったように本格的に舌を使いはじめた。

早くしないと昭一郎がバスルームから出てくるし、急いで飲み込んでしまえば何の痕跡も残らないだろう。そして自分が入浴した時に口をすすいでしまえばいいのだ。

いつのまにか芙美子はすっかり昭吾のペースでものを考え、行動するようになってしまっていた。

芙美子は先端を念入りに舐め、亀頭のカリ首を丸く唇で締めつけてモグモグ動かした。さらに根元まで含み、頬をすぼめて強く吸いながらゆっくりと引き抜いた。

唾液にヌラヌラと光るペニスが唇から引き抜かれ、スポンと抜ける寸前にまた深く飲み込まれ、それが繰り返された。

ペニスは芙美子の口の中で最大限に勃起し、じくじくとカウパー腺液を滲ませはじめた。

昭吾は芙美子にフェラチオさせながら、指で陰嚢の付け根を刺激させたり、ペニスの根元を揉ませたりした。

次第に快感が高まり、昭吾はいったん口を離させた。

「あなたのチ×チ×が美味しいと言ってみな」

「お願い、時間がないわ……」

芙美子は今にも涙ぐみそうに、ユラユラと視線を漂わせて言った。強制フェラをしていても、全神経はバスルームの湯の音や気配に集中しているのだ。

「言うんだ」

「ああっ……、あ、あなたの、チ、チ×チ×が美味しい……。これでいい？」

芙美子は羞恥に声を震わせて言った。

昭吾は満足し、再びペニスをしゃぶらせた。

そして本格的に彼女の頭に両手をかけ、激しく上下させはじめた。

ピストン運動に、唾液にヌメった唇がクチュクチュと音をたて、そのリズムが次第に昭吾をうっとりと酔わせていった。

「イクからな、途中でやめるなよ」

昭吾はつぶやくように言い、たちまち激しい快感に包み込まれた。

「…………」

芙美子が動きを止め、一滴もこぼすまいとするようにキュッと唇を引き結んだ。

昭吾は腰を突き上げながら激しく射精した。

芙美子はゴクゴクと喉を鳴らし、尿道口からペニスの裏側にかけてヌルヌルと舌の表面全体をこすりつけてザーメンを受けてくれた。

バスルームの戸が開く音がした。

「あ……」

芙美子が急いで口を離した。

「まだ残っているぞ。大丈夫だ、脱衣所で身体を拭いてるんだから」

昭吾は立ち上がり、芙美子をひざまずかせたまま顔を上向け、大きく口を開かせた。

そして最後の脈打ちをドクンとほとばしらせ、尿道口からトローリとザーメンを芙美子の口に垂らし込んでやった。

「あう……」

芙美子は大きく口を開き、舌を伸ばしたまま喘いだ。

昭吾はその柔らかく濡れた舌の表面に最後のザーメンを塗りつけ、ヌルヌルと尿道口をこすりつけた。

美しい熟女がひざまずき、舌を伸ばし大きく口を開く表情は何ともエロチックだった。

「おい、下着はどこにある？」

脱衣所から昭一郎が声をかけてきた。

「はい、すみません。ただいま……」

芙美子は慌てて立ち上がり、唇を指で拭い、髪の乱れを直してから急いで下着を持って脱衣所に駆けていった。

昭吾は芙美子の後ろ姿を眺めながら、満足げにペニスをしまった。

第四章　義姉と同級生

1

早苗が修学旅行から帰り、昭吾たちも中間テストが終わった。

「これから、おれの家に遊びにこないか？　姉貴に会わせてやる」

ある日曜日の午後、昭吾は恵美に電話して自宅に呼び出した。芙美子は昭一郎と横浜に出かけ、帰りは夜遅くなる。

最近、昭吾を敬遠ぎみだった恵美も、すぐにやってきた。

もともと昭吾のことを好きだし、口内発射などされた時はショックだったが、それさえ今は、自分が他の女子とは違うことの証《あかし》のように思っていた。

そして恵美は、義姉が在宅しているので安心だった反面、なんとなく昭吾と二人きりでないのが物足りないような、早苗が美しかったら嫉妬してしまいそうな、複雑な様子で訪ねてきた。

「ほんとに、お義姉さんいるの？」

早苗は昭吾に迎えられ、後ろからおっかなびっくり階段を上がってきた。

「ここがおれの部屋、姉貴の部屋はこっちだ」

二階に上がり、昭吾は早苗の部屋に恵美を入れた。

「いいの？　勝手に入ったりして。誰もいないじゃない……」

恵美は不安げに室内を見回した。

ベッドと机とファンシーケースに女物の衣類、確かに女子高生らしい部屋だ。

「いるさ。早苗はここだ」

「きゃっ……！」

いきなり昭吾が毛布をはぎ取ると、ベッドの上に大の字になった早苗がいた。

早苗は襟と袖口だけ濃紺で白線が入り、全体が白いセーラー服を着ていた。しかも両手首と足首が、それぞれベッドの四方の柱にロープでくくりつけられていたのである。

「しょ、昭吾、どういうことなの。女の子なんか呼んで……」

縛られたまま早苗が眉を吊り上げ、昭吾を睨みつけて言った。

早苗は午前中、テニス部の練習に参加し、昼すぎに帰宅したところを昭吾に縛られたのである。

「ま、待って。シャワーを浴びてから……」

早苗は拒んだが、すぐに昭吾のペースで強引にことが運ばれてしまった。

もともと早苗もセックスが嫌いな方ではない。第一、最初は自分から昭吾に淫らな関心を寄せ、彼の若々しい欲望に火をつけてしまったのである。

しかしパンティを脱がせ、ベッドにくりつけたかと思うと昭吾が電話して、クラスの女の子を呼んでしまったのだ。

「あ、あたし帰ります……」

恵美は異常な雰囲気に怖くなって、今にもベソをかきそうになって部屋を出て行こうとした。

それを昭吾が押しとどめ、ベッドのそばに引き戻した。

「姉貴との近親相姦ばっかりじゃジメジメしてていやだからな、それに三人の方が楽しいだろう」

昭吾だけ、薄笑いを浮かべてあっけらかんと言った。

「見てみな。これがオ××コばっかりやってる十七歳のワレメだ」

昭吾は逃げられないよう恵美を押さえつけながら、早苗のスカートをめくり上げた。

「いやあん！」

恵美はビクッと肩をすくめて顔をそむけた。

早苗は下に何もつけていない。ブラもはずしてあった。

しかし全裸よりも、セーラー服とスカートがあった方が感じるので、昭吾はすべて脱がせなかったのである。

「や、やめてっ昭吾！　その子を帰して……」

二人きりなら気軽なスポーツ感覚でセックスできる早苗も、さすがに同性がいると嫌悪感の方が先にたつようだった。さして抵抗もせずに縛られてやったのも、何となくソフトタッチのＳＭごっこに興味があったからなのだが。

「どうだ、舐めてやれよ」

昭吾は、もがく早苗には構わず、恵美の顔をベッドに寄せて言った。

「やん！　絶対にいやっ……」

恵美はしきりに逃げようともがき、ふんわりと甘ったるい赤ん坊のような匂いを揺らめかせた。

「じゃ、おれが舐めた後ならできるだろう」

昭吾は言い、恵美の手首をしっかり握って引き寄せながら、早苗の股間に顔をうずめていった。

「ああっ……、やめ、やめて……、昭吾……」

同性の前で、早苗の羞恥反応はいつもよりずっと激しかった。

ギュッと顔を埋めると、柔らかな恥毛にはテニスで動き廻った汗の匂いと、潮の香りの残尿臭が艶かしく入り混じっていた。

昭吾は姉の匂いで鼻腔を満たし、陰唇の間に潜り込ませた。

縛られている間にも、早苗は新鮮な快感への期待からうっすらと蜜を滲ませていた。

舌先が愛液にヌルッと滑り、突き立ったクリトリスに触れた。

「くっ……、昭吾、お願い、縄をほどいて……、アアッ……！」

早苗はベッドをギシギシいわせて身悶え、縛られた手足を必死に縮めようとした。

「ねえ、もうやめて、こんなこと……」

恵美がしきりに摑まれた手首を振り離そうとして言った。

「どうだ。すごいヌレヌレだろ。お前も舐めてやれ」

顔を上げた昭吾が、恵美の髪を摑んで引き寄せ、ワレメに押しつけようとした。

「やぁん……!」

「昭吾、ダメ……」

二人はそれぞれに口走ったが、やがて恵美の顔はギュッと早苗の股間に押しつけられてしまった。

「ウ……」

恵美が声をくぐもらせて呻き、早苗はビクッと身体を硬直させて息を詰めた。

「ちゃんと舐めてるか？　後でお前も舐めてもらうんだからな」

昭吾は恵美の顔をグイグイ押しつけながら覗き込んで言い、手を伸ばして早苗のセーラー服をまくり上げた。

「ああっ……」

早苗の形のよい半月形の乳房が露になった。

胸の谷間がほんのり汗ばんで、ミルク臭の甘ったるい匂いを籠もらせていた。

乳首はコリコリと硬く勃起し、たまにピクンと肌が波打った。

恥毛に鼻をうずめた恵美の、苦しげな呼吸がかすかに洩れていた。

やがて恵美が昭吾の手を振りきって顔を上げてしまった。そして涙ぐんだ目で恨みがましく昭吾を見上げ、手の甲で唇を拭った。

「お前も気持ちよくなりゃ、何でもなくなるさ」

昭吾は言い、恵美のブラウスのホックを外しはじめた。

「やん……」

恵美は両手を縮めようとしたが、昭吾に押し倒され、強引にブラウスを開かれてしまった。さらにスカートがズルズルと引き下ろされていった。

下着だけになってしまうと、もう恵美は抵抗しなくなった。

ソックスを脱がせ、パンティを足首から引き抜く。乱れたセーラー服の早苗とは対照的に、恵美は一糸まとわぬ全裸になってしまった。

むずかるようだった恵美も、緊張して黙りがちになってしまった。

早苗は顔をそむけ、こちらを見ようとしなかった。

「舐めてほしいか?」

昭吾は恵美をカーペットに押し倒して言い、ムチムチと弾力のある脚を大きく拡げてやった。

「ああん……」

恵美が両手を縮めて声をあげた。

昭吾は屈み込み、やはりふっくらとした汗の匂いと可愛らしい体臭を籠もらせる股間にピッタリと唇を押し当ててやった。

ビクッと内腿が閉じ、昭吾は生ぬるい匂いの中で舌を蠢かせた。

「ああっ……、ああっ……」

恵美が鼻にかかった愛らしい声で喘ぎはじめた。

ちょっぴりしょっぱく、ワレメの内側はまだあまり湿り気もなかった。

「ちょっと、そんなことするんなら自分の部屋でしなさいよ！」

早苗が声を険しくして言った。自分が放っておかれて屈辱を感じたのだろう。

「よしよし、じゃ三人で楽しもう」

昭吾はすぐに顔を上げ、恵美も引き起こしてベッドの早苗に屈み込ませた。

「オッパイとオ××コと、どっちを舐めたい？」

恵美に訊いた。

「オッパイ……」

小さく答え、昭吾は恵美を早苗の胸に屈ませてやった。ワレメは嫌でも、乳首なら母親のオッパイを吸っていた記憶が新しくて抵抗がないのだろう。

もう逆らわず、恵美は素直に早苗の乳首をチュッと含んだ。

昭吾はお尻を突き出した恵美の股間に後ろから顔を寄せてワレメを舐め、さらに手を伸ばし早苗のワレメをいじってやった。

「あうう……」

早苗と恵美の喘ぎが入り混じった。

恵美の可愛らしい小陰唇も、舐めるうちに次第にぽってりと熱をもって内側からジワジワと湿ってきたようだ。そして指を当てて大きく拡げ、膣口のまわりや包皮から露出させたクリトリスを念入りに舐め回してやった。

ワレメを舐められ、恵美は声を洩らすかわりに息を弾ませて強く早苗の乳首に吸いついているようだ。

「くっ……」

すると早苗がビクッと身体を反らせて喘ぎ、ワレメの収縮と新たなヌメリが昭吾の指に伝わってきた。

後ろから舐めているため、ワレメのすぐ上に恥ずかしげにポツンと閉じられた恵美のアヌスがあった。昭吾はそこにも鼻を押し当てて秘めやかな匂いを味わい、美少女のアヌスをチロチロと舐めはじめた。

恵美のお尻がくすぐったそうにクネクネ動き、腰の付け根に可愛らしいふたつの笑窪《えくぼ》が浮かんだ。

やがて昭吾は顔を上げ、恵美の身体も完全にベッドに載せ早苗の身体に重ねてやった。

「キスしてみな。女同士で」

「いやん！」

屈ませようとすると、恵美が首を振った。

「そんなことをしたら嚙みついてやるから！」

早苗も下から言い、芙美子に似た切れ長の目を吊り上げた。

昭吾は苦笑し、強制レズとは難しいものだと思った。

「じゃ、また三人だな」

女二人のうちどちらかがその気になれば簡単なのだが、今はまだ二人とも拒絶反応を起こしてしまっている。しかし、それを強引にやらせるのがエロチックで快感なのだと思った。

昭吾は恵美の顔をすぐ横に引き寄せながら、早苗の唇の端にピッタリと唇を重ねていった。同時に否応なく恵美の唇も重なって、三人はほぼそれぞれ二人の唇を味わうことができた。

「クッ……、アウウ……！」

仰向けの早苗が眉をひそめ、苦しげに熱い呼吸を弾ませた。

女二人の吐息が甘酸っぱく入り混じって、昭吾はうっとりと胸を満たした。顔を寄せ合う熱気に、鼻先まで湿り気を帯びるようだ。

昭吾は舌を伸ばし、ピッタリと密着する二人の唇を交互に舐めてやった。

そして早苗の口を開かせ舌を潜り込ませると、ようやく素直にクチュクチュと舌をからませてきた。さらに恵美の口の中も隅々まで舐めてやった。

微妙に、舌の感触や甘さが違っているようだ。吸ったりからませたりするテクニックは早苗の方が勝っているが、トロリとした蜜のような甘さと舌の柔らかさは恵美の方が上のような気がした。

「舌を出してみな。二人で舐め合うんだ。そうしたら、二人のオ××コを平等に舐めてやる」

昭吾が言いながら恵美の顔を押しつけていると、さんざん迷ってから二人はようやくチロチロと舌を伸ばして舐め合いはじめたようだった。

一度舌をからませ、感触や唾液に馴れてしまえばすぐに抵抗感や嫌悪感も消え失せてしまうだろう。

昭吾は女二人の息づまるようなディープキスを満足げに覗き込み、やがて自分も服を脱いで全裸になった。

2

「お……、お願い、昭吾。縄を解いて。何でも言うことをきくから。痛くて……」

二人のワレメを交互に舐めるうち、早苗がきれぎれの声で言った。

さんざん喘いで狂ったように身悶えているうち、ロープが手首足首に食い込んできたのだろう。

それに大の字で仰向けのまま、快感に何度も身体を跳ね上げているので相当に疲れているようだった。また強制レズも、精神的に負担を強いていたのだろう。

「縄を解いたら、恵美のオ××コを舐めるか?」

「舐めるわ……」

「尻の穴もか?」

「うん……」

早苗は異常な雰囲気と快感に、わけもわからないほど興奮しはじめているようだった。

「いやあん、そんなことしないで……」

恵美がかぼそい声で言った。彼女の方はまだまだ強制的にやらされていると いった感が強く、ふとした拍子に羞恥とおびえが表に出て行動をストップさせて しまうようだ。

やがて昭吾は恵美に手伝わせ、早苗の手足の縛《いまし》めをほどきはじめた。

早苗が言いなりになり、こうなると恵美を縛った方が面白いかもしれない。いや、 恵美なら縛るまでもなく、仰向けにして二人で押さえつけるだけで充分だろう。

自由になって起き上がると、早苗は乱れたセーラー服をうるさそうに脱ぎ捨て てしまった。

たちまち三人とも全裸になり、昭吾は思春期の女二人の入り混じった体臭に、 酔いしれたようにうっとりとなった。

恵美にしてみれば、昭吾の美しい義姉に紹介されると思ってきたのに、わけも わからず異常な展開となって混乱しているようだ。

ふと冷静になれば、一体どんな義姉弟なのだろうと思うだろう。

いくらウブな恵美でも、昭吾と早苗が禁断の関係にあることぐらい容易に察し がついたはずだった。そして恵美は、自分までその異常なペースにのめり込んでいることを知ったが、もう何もかも遅かった。

「さあ、今度は恵美が仰向けになれ、二人で気持ちよくしてやるからな」

昭吾が恵美を仰向けにし、早苗が手伝って押さえつけた。

恵美と同じく受け身だった早苗が、いつか昭吾と同等の加害者になっている。

その美しい切れ長の目は好奇心と嗜虐欲にキラキラと光り、形よく整った唇をチロリと舌舐めずりする様子は、オドオドと見上げる恵美には昭吾以上に恐ろしい小悪魔のように思えた。

「舐め合ってみな。ワレメも尻の穴も」

昭吾は早苗を上にして、女同士のシックスナインの体勢にさせた。

早苗は素直に恵美の顔を跨ぎ、腰を沈めてピッタリと彼女の口にワレメを押し当てた。

「あう」

恵美が顔をしかめて呻き、苦しげに顔をそむけようとしたが早苗の内腿にキュッと顔を挟まれ固定されてしまった。

恵美の股間で、ピチャピチャと子猫がミルクでも舐めるような音が聞こえてきた。

昭吾が覗き込むと、早苗は次第に抵抗も薄れ、指で恵美の陰唇を拡げて貪欲にその中心を舐め回していた。

「ああん……、いやあん……」

恵美がグズグズとベソをかきはじめ、ヒクヒクと白い肌を震わせて喘いだ。

「感じるだろ？　お前も舐めてやれよ。奥の方まで」

昭吾は恵美に顔を寄せて促し、さらに早苗の股間をグイグイ押しつけてやった。

ようやくあきらめたか、恵美が喘ぎをくぐもらせてチロチロと舌を這わせはじめたようだ。

昭吾も顔を押しつけて、ワレメの方は恵美に任せながら、自分は早苗の尻の穴をヌルヌルと舐めてやった。

秘めやかな匂いも襞の舌触りも、やはり恵美とは微妙に違っているようだった。

早苗のアヌスは、恵美にクリトリスを舐められてキュッキュッと悩ましく収縮を繰り返し、時には開きぎみになり舌先がヌルッとした直腸の粘膜に触れた。

「ああん、昭吾……、もうダメ、お願い……」

早苗が顔を上げ、尻をクネクネさせて求めてきた。

昭吾もすっかり高まっていたところだ。

恵美の顔を跨いで腰を進め、昭吾はバックから早苗の膣にゆっくりと挿入していった。

「いい眺めだろ？　はまるところをよく見とくんだな」

昭吾は陰嚢や内腿に恵美の息を感じて言った。

女二人のシックスナインで、上の早苗にバックから挿入したのだ。それは恵美のすぐ目の前で行なわれている。

「あう！　き、気持ちいい……」

一気に根元までヌルヌルッと押し込むと、早苗が背中を反らせて声を洩らした。

もう中は充分に熱くヌメり、膣内の柔肉がキュッと心地よく締めつけてきた。

昭吾は、下腹部が弾力のある早苗の尻に押しつけられるまで密着し、その背中に覆いかぶさった。

そして小刻みに前後運動をはじめると、揺れる陰嚢が恵美の鼻の頭に触れた。

「舐めろ。くわえてしゃぶるんだ」

昭吾は快感に息を荒くしながら言い、恵美はオドオドと陰嚢に舌を這わせてきた。

膣に挿入しながら、股間に別の女の舌や呼吸を感じられるというのは、何とも贅沢な快感だった。律動するうち、早苗は何度か長い髪を乱してのけ反り、やがて喘ぎを抑えるように恵美のワレメに口を当てて激しくクリトリスを吸った。

「あ……、ああん……！」

恵美が熱い呼吸を弾ませて喘ぎ、彼女もまた快感に耐えるように昭吾の陰嚢にしゃぶりついてきた。

可憐な口を大きく開き、陰嚢を含んで左右交互に舌で睾丸をころがし、シワの隅々までタップリと唾液にヌメらせてくれた。

たちまち昭吾は高まってきた。

ピストン運動は激しくなり、ヌメッた陰唇が摩擦されてピチャクチャと音をたて、溢れ続ける愛液はネットリと陰嚢まで濡らして恵美の唇をヌメらせた。

やがて昭吾は全身の力が抜けていくような激しい快感に包み込まれた。そしてせわしく痙攣してザーメンをほとばしらせ、最後の一滴まで放出してやった。

「くうーっ……」

早苗も力尽きたように、クタクタと恵美の身体の上にくずおれていった。

同時にペニスが引き抜け、ヌルヌルしている先端が恵美の鼻先にのたりと落ちた。

「あん……！」
恵美が声をあげるが、二人分の股間に挟まれ逃げることもできない。
昭吾は執拗に亀頭を恵美の鼻や口に押しつけ、やがて恵美も観念したように
チュッと先端を含んでくれた。
恵美の清浄な口の中で絶頂の余韻に浸り、愛液とザーメンにまみれたペニスを
舌で清めさせた。
やがて射精直後のペニスが敏感になり、吸われると痛いほど感じすぎてきた。
昭吾は一息入れてペニスを引き抜き、今度はザーメンの逆流する早苗のワレメ
を恵美に舐めさせてやった。
「くっ……、いや……」
ワレメからは、ちょうどザーメンがトロトロと流れ出し、恵美の開いた口に容
赦なく滴り落ちていった。
「そらそら、こぼさずに飲めよ。おれの身体から出た命の一部だぜ」
昭吾は言いながら、唇からはみ出したザーメンを指でかき集め、恵美の口に流
し込んでやった。
恵美は涙を滲ませながら、仕方なくコクリと喉を鳴らして飲み込んだ。

以前は昭吾の純粋なザーメンだけだったが、今日は同性の愛液も混じっている。ただでさえ生温かくヌルヌルした気持ち悪い粘液だ。ややもすれば恵美はしゃくり上げ、胃の中のものが逆流してきそうになっている。

「もっと旨そうに吸ってやれよ。ベロを伸ばして」

昭吾は執拗に注文をつけ、恵美にワレメの奥まで舐めさせた。

「あんっ……」

グッタリとしていた早苗がビクッと跳ね上がって声を洩らした。彼女も、小さなオルガスムスの直後で、どこに触れられても敏感になっているようだった。

ようやく、恵美の上にうつ伏せになっていた早苗が、ゴロリと横になった。まだとろんとした虚ろな目をして、せわしい息遣いとともに上気した肌を起伏させていた。

昭吾は、まだまだ一回の射精では満足できなかった。

せっかく二人の女が揃っているのだ。今度はいつ二人相手にできるかわからないし、恵美も今度こそ警戒して寄りつかなくなるだろう。

恵美を自分から来させるためにも、もっと時間をかけてもう一、二度ジックリ愛撫してやらなくてはいけない。

昭吾は回復を待つ間、早苗の唾液に濡れた恵美のワレメを舐めてやった。

「ああっ……」

恵美が身体を反り返らせて声をあげた。

早苗の唾液ばかりではない。ぽってりと充血した小陰唇の間からは、ちょっぴり白っぽい愛液がヌルヌルと溢れ出していた。

「気持ちいいか？」

「う、ん……」

恵美は頬を桜色に染めて、小さく頷いた。

「舐めるより、チ×チ×を差し込んだ方がずっと気持ちいいんだぞ。今の姉貴の悶え方を見たろう？」

「いやん。入れないで……、痛いから……」

「いつかはやるんだから、早く気持ちよさを知った方がいいじゃねえか」

昭吾は言い、また顔を埋めてジックリと舐めてやった。

「あ……、ああん……」

早苗はクネクネと身悶え、後から後から愛液をトロトロと溢れさせ続けた。

「じゃ、入れてみるぞ」

「ん……、そっとして……」

恵美も素直に脚を開いてきた。どうやら恐怖より好奇心の方が湧いてきたらしい。

グッタリとして呼吸を整えていた早苗も、横向きになってじっと恵美の破瓜の様子を見守っていた。

3

ペニスは萎える暇もなく勃起し、雄々しくそそり立っていた。

恵美はベッドに仰向けになり、それでもちょっぴり怖いらしく両手を胸で縮め、たまにピクンと白い肌を震わせた。

昭吾は恵美の股間に屈み込み、まず手のひらを上に向け、中指をヌルヌルと膣に押し込んでみた。

「あん……！」

恵美が顎を上向け、キュッと膣を締めつけてきた。

根元まで入れると、いちばん奥の上部にコリコリとした栗の実ぐらいの子宮頸部に指先が触れた。

そして膣内を揉みほぐすように指を蠢かせ、充分なヌメリを確かめた。

指を抜き、昭吾は腰を進めていった。すぐ間近で早苗が見ていることも、昭吾の興奮をあおりたてるようだった。

ペニスに手を添え、膣口に当てがった。

「怖いわ……」

「力を抜いてろ」

昭吾は身を重ね、一気に腰を沈み込ませた。ゆっくり挿入していくよりも、一気に根元まで押し込んでしまった方が痛みは一瞬で済むだろう。

「あううっ……!」

恵美がのけ反り、全身を硬直させた。後はもう声にもならず、唇をヒクヒクさせて呼吸さえままならぬように顔をしかめた。

根元まで潜り込んだペニスは、処女の柔肉にきっちりと挟みつけられた。やはり幼くて体温が高いのか、芙美子や早苗よりも熱い感じがした。

昭吾は覆いかぶさったまま、恵美の首筋に顔を埋めながら手のひらを乳房に這わせ、乳首を刺激してやった。しかし恵美は破瓜《はか》の痛みにそれどころではなく、歯を食いしばりながら必死に喘いでいた。

やがて昭吾は様子を見ながら、そろそろと腰を前後に動かしはじめた。

「あ……、いや、う、動かないで……」

恵美が切れぎれの呼吸とともに声を絞り出した。

「乱暴にしない方がいいよ。とっても痛いんだから」

早苗も結合の様子を覗き込み、声をかけてきた。

しかし昭吾は構わず、腰を使い続けた。狭く柔らかな肉が心地よく、動かずにはいられなかったのだ。

それにムチムチと弾力のある肉体、弾む甘酸っぱい呼吸や苦悶する表情が何とも可愛らしく、まさに凌辱しているという快感が昭吾を酔わせた。

「ああっ……、ダメ……」

恵美は涙をこぼし、痛みをこらえるために必死に昭吾の背中に両手を回してしがみついてきた。突き放そうとしないのが可愛らしかった。

見ている早苗もそれ以上止めようとはしなかった。彼女もまた、凌辱される美少女を眺め、サディスティックな興奮を覚えているのかもしれなかった。

そして、もう呼吸も整い、見ているだけではつまらなくなったか、早苗は身を起こして昭吾の背後から頭を寄せてきた。

正常位で腰を突き動かす昭吾の尻に、早苗の長い髪がさらりと触れてきた。続いて彼女の呼吸を股間に感じ、やがて指が揺れる陰嚢に触れ、さらにアヌスにヌルリとした舌を感じた。

「くっ……」

昭吾は膣に潜り込んだペニスの快感と、アヌスをくすぐる早苗の息と舌の感触に急激に高まっていった。

たちまち快感の怒濤が昭吾を巻き込み、激しく腰を動かすと、恵美の肉の奥へ思いきりザーメンをほとばしらせた。

「ああん……！」

速くなった動きに恵美が悲鳴混じりの声をあげ、昭吾の背に爪を立ててきた。放出したザーメンでさらに動きが滑らかになり、クチュクチュという音も激しくなっていた。

膣はひくひくと収縮してペニスの脈動に合わせるように蠢き、やがて昭吾はザーメンを出しきって動きを止めた。

恵美はグッタリと力を抜き、ハアハアと荒い息をついていた。

膣のまわりはマヒしたように感覚がなくなり、それでもたまに局部から鈍い痛みが突き上がってくるのだろう。昭吾がドクンとペニスを脈打たせるたび、ピクッと汗ばんだ肌が震えた。

早苗も昭吾の尻から顔を上げ、長い髪をサッとかき上げた。

やがて昭吾はノロノロと身を起こし、ゆっくりとペニスを引き抜いた。

「あう」

恵美が体を弓なりにさせて呻き、ヌルッと抜けるとまた力を抜いた。

昭吾が離れても、もう脚を閉じる気力さえ残っていないらしい。

昭吾はティッシュを取り、処女を失ったばかりのワレメに顔を寄せた。

小陰唇は痛々しくめくれ上がり、逆流するザーメンが少しずつ滲み出していた。

指で陰唇を拡げ、膣口にティッシュを当ててやった。

「あん……、いた……」

恵美がビクッと内腿を閉じようとした。

見るとティッシュにはザーメンに混じり、うっすらと赤いものがついていた。

やっぱり激しく動いたために、ちょっぴり裂傷を負ってしまったようだ。

「これぐらい心配ないわ。あたしの時は出血しなかったけど、この方がかえって処女を散らしたって感じていいじゃない」

早苗も覗き込んで言った。

「舐めてやれよ」

昭吾は、覗き込んだ早苗の顔をギュッと押しつけた。

「ウ……」

早苗は小さく呻いたが昭吾にグイグイ押さえつけられ、仕方なく傷口をいやしてやるようにチロチロと舌を動かしはじめた。

恵美はしみるような痛みをこらえながら、息を詰めてじっとしていた。

「もういいでしょ？　順番にお風呂に入って、服を着て休憩しましょう」

早苗が顔を上げて言った。

「まだだ。帰ってくるまでにはまだ時間がある」

「もう！　何回やれば気が済むのよ」

早苗もさすがにうんざりした口調で言った。

「二人相手なんか滅多にできないもんな。それとも恵美は何度でもここにくるか？」

昭吾が恵美を引き起こして訊くと、彼女は力なく首を横に振った。

「じゃ、恵美がその気になるまでやるしかねえな」

「もういや。入れないで……」

「よしよし、じゃ今日はもう口だけで勘弁してやろう」

昭吾は恵美をどかし、今度は自分が中央に仰向けになった。

「二人がかりで、おれが立つまで刺激してくれ」

言いながら、両手で二人の顔を身体に引き寄せた。

早苗はため息をつきながらも、仕方なく昭吾の肌に舌を這わせはじめた。恵美も、挿入される痛みに比べれば楽なのか、同じように舐めはじめる。

射精直後のペニスはいちばん後回しにして、昭吾はまた二人一度に唇を重ねさせた。彼女たち二人は同性が触れるので嫌かもしれないが、昭吾には快感だった。熱気と湿り気と二人の甘い香りが混じり、昭吾は二人の口の中をかわるがわる舐め回した。

昭吾が仰向けのため、二人の溢れた唾液もタップリと味わうことができる。二人分入り混じってトロリとした生温かい唾液は、小泡の一粒一粒に可憐な甘ったるい匂いが含まれているようだった。

さらに昭吾は二人に左右の頬や、鼻の穴まで念入りに舐めさせた。

そして一度に左右の耳の穴を舐めさせると、クチュクチュという艶かしい音だけ聞こえ、何だか身体の内部まで舐められているような快感を覚えた。

やがて首筋を伝って、二人は左右それぞれの乳首や腋の下を舐めたり吸ったりしはじめた。

仰向けの昭吾から見ると、早苗が右側、恵美が左側である。

舌や唇だけでなく、肌をくすぐる呼吸や柔らかに触れてくる髪が心地よかった。それに男でも乳首は感じることがわかったし、腋の舌を舐めたり噛まれたりするのはくすぐったくてじっとしていられないような快感があった。

黙々と舌を動かし息を弾ませる二人を見下ろし、何だか本当に二人の奴隷を手なずけたような気持ちになった。

さらに二人がヘソを舐め、下腹部に舌を這わせる頃は、ちょうど昭吾の爪先が四つん這いの二人のワレメあたりに触れた。

「うん……」

足の親指で二人のワレメを探ってやると、それぞれに小さく呻いて舌の動きが激しくなった。

早苗のワレメはもとより、恵美も逆流したザーメンばかりでなく新たな愛液にヌルヌルしはじめていた。

やがて昭吾はペニスを後回しにし、二人に下半身を舐めさせた。

太腿から膝小僧に移る頃には二人を反転させ、昭吾の方に尻を向けさせた。

巨大な水蜜桃のような尻が左右に並ぶのは、艶かしい眺めだった。右に十七歳、左に十六歳のお尻があり、それぞれに色白で形よかった。

昭吾は手を伸ばし、ムッチリとした尻を撫ぜ、それぞれのワレメをヌルヌルと愛撫してやった。

「あん……」

二人は小さく声を洩らし、昭吾の爪先を含んだ。

「もっとベロを動かせ。指の間までよおく舐めるんだ」

昭吾は言いながら、指を二人の膣にヌルヌルと挿入した。

「くっ……」

恵美が呻いたが、指は愛液で滑らかに潜り込んだ。まだ快感というほどではないだろうが、もう傷の痛みより自分自身でもわからないモヤモヤした感覚に戸惑っているかのように、恵美のお尻がクネクネと動いた。

早苗の方は、四つん這いのため溢れる愛液がクリトリスの方まで滴り、黒々とした恥毛をひとかたまりに貼りつかせていた。

二人は快感をこらえるように、昭吾の爪先をしゃぶって指の股にヌルヌルと舌を這わせてきた。

ここも、むず痒いような快感があった。

昭吾は二人の舌を足指で挟み、充分に愛液にヌメッた指を膣から引き抜いて、すぐ上にあるアヌスにヌルリと押し込んでいった。

「あう」

今度はさすがに早苗も声を洩らし、拒むようにキュッとアヌスで指をくわえ込んだ。

しかし指についた愛液のヌメリに、両の人差し指は二人のアヌスに根元までスムーズに入ってしまった。

「い、いや……、やめて、昭吾……」

早苗が呻き、それでも奥で指を蠢かされると昭吾の足指に歯を立ててきた。

恵美も、爪先をくわえたまま息を詰め、舌を動かすことも忘れている。

「どうした、二人とも。もっと舐めて綺麗にしろ」

昭吾はアヌスに入れた指を動かし、さらに両の親指を膣に挿入した。

「アアッ……！」

膣と直腸の間の肉をキュッとつまれ、二人は同時に声をあげた。

それでも恵美が腰を引いて指を抜かないのは、無意識に早苗に対抗しているからだろうか。

「よし、舐めるのはいいから二人ともこっちへ尻を近づけろ」

昭吾が言うと二人は顔を上げ、昭吾に尻を向けたままそろそろと近づいてきた。

「早苗。尻の穴とオ××コとどっちが気持ちいい？」

アヌスと膣の指をそれぞれにグネグネ蠢かせて訊いた。

「ああっ……オ、オ××コ……」

「よし、恵美はどうだ」

同じように指を動かして訊くが、恵美は恥ずかしく口に出せないようだった。

「言わないと、また指より太いのを押し込んでやるぞ」

「ああん……、言う……。オ、オ××コ……」

恵美は息を弾ませて言い、昭吾もようやく二人の膣とアヌスからヌルヌルと指を引き抜いてやった。

アヌスに入っていた左右の人差し指は、ちょっぴり爪が曇り生々しい匂いを漂わせていた。

「舐めて綺麗にしてくれ」

昭吾は仰向けのまま二人の顔に指を差し出した。しかも腕を交差させ、それぞれ相手の汚れを清めさせた。

「あう……」

指を口に押し込まれ、恵美は眉をひそめていやいやしゃぶった。早苗も強引に突っ込まれ、ヌルヌルと舌に触れられて顔をしかめた。

「どうだ恵美。綺麗なお姉さんのウ×コの味は。どんな匂いがする」

昭吾は二人の表情を見上げながら、ニヤニヤと執拗に追及した。

やがて指が清められると、昭吾は本格的に脚を大きく開き、二人の顔を股間に招き入れた。

「二人交替で尻の穴を舐めろ。そのあとに金玉だ」

両脚を浮かせて抱え、昭吾はアヌスまで丸出しにして命じた。一対一と違い、二人の女の目の前で脚を開いて性器やアヌスまでさらけ出すのは、羞恥混じりのゾクゾクするような露出感覚があった。

早苗が、チロチロと舌を這わせはじめた。

恵美の呼吸も、そのすぐそばで感じられる。

やがて交替し、微妙に違う舌の感触がアヌスをくすぐった。

昭吾は力を抜き、なるべく奥の方まで恵美の舌先を受け入れた。控えめな舐め方だった恵美も、すっかり大胆に舌を這わせるようになってきた。

早苗は陰嚢に移動し、大きく口を開けてくわえ、ヌルヌルと舌を這わせてくれた。敏感な部分に女二人の呼吸と舌の動きを感じ、昭吾は勃起したペニスをヒクヒクと震わせた。このままペニスに触れられなくても、アヌスと陰嚢だけで射精してしまいそうな快感だった。

間もなく恵美も、アヌスから陰嚢に舌を移してきた。

昭吾は大きく脚を拡げたまま、二人の唇と舌の感触に全身を預けた。二人は半分ずつ陰嚢を含み、ひとつずつ睾丸を舌でころがしてくれた。

何だかアヌスから力が抜けていき、二人の口に魂まで吸い取られていくような気持ちよさだった。

腹の方へ急角度にそそり立ったペニスは期待に脈打ち、滲んだカウパー腺液が幹を伝わってヌラヌラと二人が舐める陰嚢まで達した。

やがて昭吾は手を伸ばし、二人の髪を摑んで唇をペニスまで引き寄せた。

二人の舌がナメクジのようにペニスの裏側に這い廻り、早苗の舌がチロリと尿道口に触れてきた。

続いて恵美も顔を寄せて先端を舐め、二人で粘液を吸い取ってくれた。

そして早苗は、丸く口を開いてスッポリと喉の奥まで含んでくれ、クチュクチュと舌を蠢かせて吸いながらスポンと引き抜いた。

恵美も、早苗の唾液にタップリとヌメるペニスをためらいなく含み、同じように頬をすぼめて吸いながら引き抜いてくれた。

口の中の温かさも吸引の強さも微妙に違い、昭吾はうっとりと快感に浸りながら、二人の唇で左右から挟みつけさせヌルヌルと上下運動してもらった。

「あうう……、イキそうだ……」

昭吾は必死に奥歯を嚙みしめて絶頂をこらえ、急いで身を起こし二人の顔を仰向けに並ばせた。そして二人の顔を跨いで腰を落とし、早苗と恵美の口を交互に犯してペニスを突き動かした。

「もっとベロを出せ……、大きく口を開くんだ……」

昭吾はたちまち激しい快感に貫かれ、自らペニスを握りしめてしごきながら、二人の開いた口に均等にザーメンを注ぎ込んでやった。

「アウ……」

二人は息を弾ませて口にほとばしりを受け、喉を鳴らしてむさぼるように飲み込み続けた。

三回目の射精とは思えないほどの、大量のザーメンがドクンドクンと注がれた。そして勢い余った分が二人の鼻筋や瞼を直撃し、トロトロと頬の丸みを流れて耳の穴や艶やかな黒髪の中にも染み込んでいった。

昭吾はしごく手を休め、最後の一滴まで絞り出しながらヌルヌルの尿道口を二人の唇に交互にこすりつけてやった。

昭吾はようやく力を抜いて吐息をついた。二人も顔中を白濁した粘液に汚されて、力尽きたようにハアハアとせわしく息を弾ませていた。

「さあ、舐め合うんだ」

並んだ二人の顔を向かい合わせにして、ギュッと密着させた。

「ウ……」

ヌルヌルの唇や頬がくっつき合い、恵美は眉をひそめて小さく呻いた。

それぞれに美しく愛らしい顔がザーメンにまみれているのは、ゾクゾク興奮するような眺めだった。

やがて早苗がチロチロと舌を伸ばして恵美の唇や頬を舐め、恵美もオズオズと同じようにした。

次第にザーメンが舐め取られていき、二人の頬や唇は互いの唾液にヌラヌラと悩ましい光沢を放った。そして互いの唇や舌がザーメン混じりの唾液の糸を引き、入り混じった呼吸が生ぬるい匂いを揺らめかせた。

さらに昭吾は快感の余韻の中で見下ろしながら、二人の顔にタラリと唾液を垂らし、それも念入りに舐めさせてやった。

4

三人で服を持ち、階下のバスルームまで行った。恵美は今にもよろけそうになり、支えてやらなければ階段も下りられない状態だった。

早苗も恵美ももうすっかり言葉少なになり、タイルに並んで座らせてシャワーを浴びせても、力ない動きで黙々と顔や股間を洗うだけだった。

昭吾だけバスタブのふちに腰をかけ、洗い場にペタリと座っている二人を見下ろしていた。

三回射精してペニスは満足げに強ばりを解き、やがて尿意が高まってきた。

「口を開けてみな」

昭吾は二人の顔を引き寄せて言った。

そして下腹に力を入れた。ややもすればまた勃起しそうになり、うまく放尿できないので、なるべく気楽に尿道をゆるめた。

何をされるか気づいていないように、二人は素直に並んで口を開いた。またフェラチオをさせられるだけぐらいに思ったのかもしれない。

チョロッと熱い液体がほとばしり、恵美の可憐な口の中に注がれた。

「あうっ……！」

恵美が顔をしかめて呻いたが、昭吾は髪を摑んで押さえつけた。

放尿はたちまち勢いをつけ、ゴボゴボと恵美の口の中で泡立った。

「い、いやっ……、グッ……！」

恵美は飲み込まずにタラタラと口から溢れるに任せ、それでも尿の匂いと刺激的な味にむせかえった。

昭吾は向きを変え、早苗の口にもチョロチョロと注ぎ込んでやった。

「ウ……！」

早苗もさすがに飲み込めず、同じようにすぐ口からこぼし続けた。

それでも美女の開いた口に、ちょっぴり色のついた液体が泡立って溜まっていく眺めは刺激的だった。

さらに昭吾は二人の口を重ねさせ、わずかにこちらに向けさせた開いたところへ余りを注ぎ込んでやった。

二人は目に入らぬよう固くつぶり、侵入してくる温かい液体で口の中をすすぎ続けた。

「少しぐらい飲んでみな。出したては毒じゃないぜ」

昭吾は言いながら、やがてようやく放尿を終えた。

シズクを振り払って二人に尿道口を舐めさせ、ようやく髪を摑んでいた手を離した。

「ああ……」

恵美が涙ぐんで吐息をつき、口に残る匂いと味に今にも吐きそうに肩を震わせていた。早苗もタイルにグジューッと唾液を吐き出し、顔をしかめて恨みがましく昭吾を見上げた。

「お願い、シャワーでうがいさせて……」

「いいだろう。だが二人がオシッコを終えてからだ」

昭吾は二人を引き立たせ、壁に寄りかからせて脚を開かせた。

「二人並んで出してみな。立ったままするなんて滅多にないだろ？」

「ああん……、出ない……」

恵美が壁に背をつけながらも、立っていられないほどガクガク膝を震わせ、思わず早苗に寄りかかって支えてもらった。

「早く出せ。先に出した方からシャワーで口をすすいで風呂から出ていいぞ」

昭吾はタイルにしゃがみ込み、指を当てて二人のワレメを開いた。

「くっ……、出ちゃう、本当に……」

早苗が上気した顔を上向け、ビクンと内腿を震わせた。その様子に、恵美も慌てて下腹に力を入れはじめたようだった。

やがて早苗のワレメがヒクヒクと収縮し、膣口の少し上からチョロチョロと水流がほとばしってきた。

前に芙美子の放尿を見た時と同じように、流れはいきなり前に飛ばず、まず内側を洗い流すように溢れてから滴ってきた。

それでも目の前で見られているので勢いも弱く、ほとんど自分の内腿にいく筋も這い廻らせて伝い流れるだけだった。

「ああ……」

間もなく恵美も、あきらめたような切なげな吐息をつき、ワレメからピチャピチャとオシッコを漏らした。

二人の流れは弱いがタイルにはね、生ぬるい尿の匂いをかすかに漂わせながら昭吾の脚や膝を温かく濡らした。

昭吾は手を伸ばし、左右の水流を手のひらに受けてみた。どちらも温かく、あまり色はついていなかった。

間もなく二人とも出しきってしまったようだ。熱いものが排泄され、男と同じようにかすかにブルッと下半身を震わせた。

昭吾は二人のビショビショのワレメをちょっぴり舐めてやり、さらに二人に交互に、ワレメを舐めさせてやった。

そろそろ日が暮れかかっている。

芙美子と昭一郎も早めに帰ってくるかもしれない。

やがて昭吾は二人に口をすすがせ、三人でバスルームを出た。

第五章　義母の寝室

1

　昭一郎が、半月間ヨーロッパに行くことになってしまった。もちろん仕事で、行くのは彼一人である。

　芙美子の警戒は前にも増して厳しくなるかもしれないが、逆に一度禁断の快感にのめり込んでしまったのだから、案外自分から身体を開いてくるかもしれなかった。

　芙美子は昭吾と早苗の関係など夢にも思わず、そして早苗ももちろん、昭吾と芙美子の関係など知らなかった。

　また昭吾も、実の母娘を一度に相手するような悪趣味は持っていない。せいぜい恵美のような他人を介入させる方が気が楽だった。

　とにかく学校をズル休みすれば、早苗がいない昼間に芙美子を抱くのはまったく問題なかった。

問題は、深夜に芙美子を抱く時である。いつ夜中に目を覚まして階下の声に気づかないとも限らない。

しかし、昭吾の心配も間もなく解決した。

早苗がひんぱんに外泊するようになったのである。高校の友人に、両親が海外赴任をしており、一人でマンションに住んでいる子がいるというのだ。

仲がよいので、マンションで一緒に勉強したりするうちに、泊まることが多くなったのである。

もっとも早苗のことだから、大人しく女の子同士で勉強などしているかどうかわからないが、別に昭吾が気にするほどのことでもなかった。

芙美子は娘の外泊にあまりいい顔をしなかったが、真面目な女同士ということで結局押しきられてしまっていた。それに早苗はもう、芙美子の手には負えないほど進んでしまっている。

そんな夜は昭吾と芙美子の二人きりとなり、一晩じゅう存分に熟女の肉体を堪能することができた。

夕食の時など二人はあまり会話もせず、表面的にはまったく普段と変わらない様子だった。昭吾もことさらに淫らなモーションをかけず、何事もないように食事と入浴を終えて二階の自室に引き揚げるのである。

しかし昭吾は知っていた。寝室に引き揚げてからも、芙美子は昭吾の侵入を心待ちにして、期待にワレメを熱くさせていることを。

昭吾はちょっぴり焦らしてから、そっと階下に下りて芙美子の寝室へと入っていくのである。

寝室に鍵などはつけられなかった。

芙美子は布団に仰向けになり、枕元のスタンドだけつけていた。

そして昭吾が入っていくと、喜びもせず拒みもせず、美しい眉をひそめて困ったような表情をするのである。

迷いながら禁断の快楽にズルズルとのめり込む、そんな微妙な表情が実に妖しく色っぽいと昭吾は思った。

昭吾は芙美子の布団をはぎ、かたわらに潜り込みながら襟をはだけ、豊かな乳房に手のひらを這わせて揉んでやった。

「あ……」

芙美子はビクッと肌を波打たせて声を洩らした。

自分からは何もせず、義母として拒むかたしなめようか迷っているうちに、愛撫に押し流されていってしまうようだった。

昭吾は完全に芙美子の胸元を拡げ、メロンほどもある乳房の谷間に顔を押し当てた。

白い肌は緊張によるものか、うっすらと薄紫の静脈が透けて見え、乳首はコリコリと硬く突き立っていた。

湯上がりとはいえ、二人きりの夜だからきっと昭吾が寝室にやってくると思っていたのだろう、ほんのりと甘ったるい汗の匂いが感じられた。

「ああっ……」

次第にせわしくなる呼吸に、どうしようもなく喘ぎが混じりはじめた。

昭吾は片方の乳首に吸いつきながら舌先で弾くように舐め、もう片方を荒々しく揉みしだいた。柔らかな乳房は、まるでつきたての餅のようにムッチリと指の間からはみ出してきた。

やがて昭吾はもう片方も含み、強く吸いついてから芙美子の腕を差し上げ、ちょっぴり汗ばんだ腋の下に顔を埋めた。

また芙美子がビクンと震え、昭吾に腕枕するようにギュッと頭を抱え込んできた。

甘ったるいミルクの匂いと、密着してくる温かい肌の感触に昭吾は心地よい窒息感を覚え、いつまでも鼻や唇をこすりつけていた。

敏感な腋の下には、かすかな和毛《にこげ》の舌触りがあった。

さらに昭吾は這い上がり、膝頭で浴衣の裾を割りながらピッタリと唇を重ねていった。

「ウウ……」

芙美子が喉の奥で呻き、それでもすぐに前歯を開いて舌の侵入を迎え入れた。

早苗や恵美のような甘酸っぱい少女の匂いとは違う、脂粉の香の入り混じったふっくらとして甘い呼吸が生温かく弾んだ。

昭吾は念入りに舌先で芙美子の歯並びや前歯の裏側を舐め、やがて甘く濡れた舌を探った。

オズオズと舌をからめてきた芙美子も、昭吾の膝頭がグイグイとパンティの上から股間に押し当てられると、チュッと強く吸いつきはじめた。

昭吾は舌を伸ばして芙美子が吸うのに任せ、そのまま手を伸ばしてパンティの中に指を侵入させていった。

「ンン……」

芙美子が熱い息を弾ませ、悩ましげに腰をクネらせた。

柔らかな恥毛を指先でこすり、さらに谷間へと滑り込ませると、もうそこはパンティの裏地が貼りつくほど熱くジットリと濡れていた。

昭吾は唇を離し甘い匂いの髪に顔を埋め、鼻先でかき分けながら耳朶《みみたぶ》を噛んだり耳の穴をクチュクチュ舐めたりした。

「こんなにヌレヌレだ。自分でわかるだろ？　そんなにオ××コしてほしいか？」

昭吾は耳に口を押しつけて囁き、陰唇の間をヌルヌルといじった。

「ああっ……、言わないで……」

芙美子が身体を反らして身悶え、昭吾の口をふさぐようにまたギュッと抱き込んで肌に顔を埋めさせた。

やがて昭吾はヌメリを充分に確かめてから、パンティから手を引き抜き、布団をはいで身体を起こした。

「自分で脱いでみな。裸になって大股開きになるんだ」

昭吾は腰をおろし、ニヤニヤ薄笑いを浮かべながら芙美子を眺めた。

まだ高校生のくせに、ここ最近三人の女体を堪能しながらすっかり中年男のようなねちっこさを身につけてしまったようだ。

だから若々しく勃起したペニスを性急に満足させるより、じっくり時間をかけていたぶる方が快感になってしまったのである。

しかも自分よりふたまわり近く年上の、しかも義母を翻弄するのはこたえられない満足感があった。

「いや……、できない……」

芙美子はかすれた声で言った。充分すぎるほど成熟した肉体を持て余しながら、生来の慎み深さが行動を起こさせないでいた。

「パンティの奥がビショビショじゃねえか。されたくてしょうがないんだろ？自分で脱ぐまで何もしてやらないぜ」

昭吾は、自分こそ早くしたくて堪らないのに、欲望を押し殺すように言った。

「あぁっ……」

芙美子はのけ反った顔を振り、上気した顔で息を荒くしながら悩ましく身悶えた。

やがて、無意識に手が動いてしまったかのようにノロノロと浴衣の帯を解き、完全に前を開いた。

もう何も考えず、若い凌辱者のあやつり人形になっているようだった。

さらに浴衣から片方ずつ腕が引き抜かれ、芙美子は仰向けのまま腰を浮かせてパンティを下ろしはじめた。

羞恥の表情も限界を超えたように、何やら恍惚の面持ちでぼうっとしているようだ。

間もなく芙美子は一糸まとわぬ全裸になり、白く豊満な柔肌を余すところなくさらけ出した。

それでもまだ無意識に、乳房と股間を手のひらで隠していた。

「隠さずに脚を拡げてみな。オ××コの奥まで見えるように」

昭吾は枕元のスタンドを移動させて芙美子の股間に近づき、それでもまだ手も触れずに言った。

「ダメ……、恥ずかしくて……」

芙美子は手のひらだけ何とか外したものの、滑らかな肌を波打たせながら喘ぎ、スタンドの明かりにヌメついた陰唇がキラキラと光った。

花びらのようにはみ出した小陰唇は艶かしく収縮を繰り返し、たまにヌルッとした奥の粘膜まで覗かせた。真珠のようなクリトリスは包皮を押し上げてツヤツヤと色づき、ワレメの真下に見えているアヌスまで恥ずかしげにわなないていた。

互いに興奮して肌を密着させているより、少し離れて眺められるのは相当な羞恥を伴うようだった。

それでも芙美子は、少しずつ膝を立てて脚を開きはじめた。肉体の方が、羞恥より快感を求めはじめたようだ。

「自分でワレメを開いて見せろ。もっと濡れるまでオナニーして見せるんだ」

言われて、もう芙美子は自然に手が動くように両手を股間に当てた。

陰唇がムッチリと左右に目一杯拡げられ、ヨダレを垂らしてヒクつく膣口を覗かせた。

さらに指の腹で、円を描くようにクリトリスを愛撫しはじめた。

「あ……、ああっ……！」

芙美子は本格的に声を洩らしはじめ、ビクンビクン下半身を脈打たせた。

昭吾はゴクリと生唾を飲んで見守った。芙美子の指の動きが激しくなり、ピチャピチャと淫らな音が聞こえはじめた。

「あうう……、お、お願い……。昭吾さん、あなたがして……」

激しく指を動かしてオナニーしながら、芙美子はかすれた声で口走った。

「どこを、どうしてほしい?」

「オ……、オ××コを、いじくって……。奥の方まで舐めて……、アアッ……!」

芙美子は自分の言葉に感じてのけ反り、アヌスの方までトロトロと愛液を滴らせた。

「オ××コが好きか」

「好き……。お願い、もういじめないで、早く……」

芙美子はこのまま昇りつめてしまうかのように悶え狂い、何度か腰を浮かせてガクガクと全身を痙攣させた。

ようやく昭吾は腰を上げ、大股開きになった中心へと顔を寄せていった。

「あうっ……!」

内腿に息を感じただけで芙美子はビクッとのけ反り、後は昭吾に任せきるように手のひらをどけてワレメをさらけ出した。

股間のデルタ地帯にはふっくらと熟女の体臭が籠もり、熱気と匂いがユラユラと立ち昇っているようだ。

さんざんこすられて濡れた恥毛が陰唇のまわりに貼りつき、サーモンピンクの色艶がさらに濃くなり、熱をもって潤んでいた。

やがて昭吾は舌を伸ばし、突き立ったクリトリスをチロリと舐め上げてやった。

「あぁっ……、もっと……」

芙美子が内腿をヒクヒク震わせてせがみ、自分の言葉に興奮して陰唇が艶かしく拡がった。

舌をワレメに潜り込ませると、ヌルッと滑り膣の奥まで吸い込まれるように柔襞が蠢いた。生ぬるく、ほんのりと酸っぱい愛液が舌にまつわりつき、昭吾は貪欲にすするように激しく舌を動かしてやった。

さらにワレメを舐めながら腰を抱え、手が乳房に届くまで脚を浮かせてやった。

「あうう……、き、気持ちいい……」

芙美子が喘ぎながら言い、乳房を揉む昭吾に手のひらを重ねて押しつけてきた。

まるで温泉のように後から後から湧き出してくる大量の愛液に、たちまち昭吾の口のまわりも鼻もヌルヌルにまみれてしまった。

さらに顔を移動させてアヌスを舐めてやり、充分に唾液をヌメらせてから再びワレメを念入りに舐め回した。

「ああっ……、お願い、早く入れて……」

慎みも何もなく、芙美子は快感だけにのめり込んでいた。

「まだダメだ。我慢しろ」

昭吾は顔を上げて言い、うねうねと身悶える芙美子をどけて、自分が布団に仰向けになった。

「身体中、全部舐めたら入れてやる」

手足を投げ出して言うと、すぐに芙美子が貪るように覆いかぶさってきた。しなやかな髪と熱い吐息が頬をくすぐり、まずは唇を重ねてきた。

激しく舌を吸い、唇から鼻の穴まで舐め回しはじめる。

しとやかな芙美子が、興奮して行儀悪い音のたつキスをしてくれると、伝染して昭吾までゾクゾクと興奮してきた。

昭吾は芙美子に命じ、トロリとした甘い唾液を出させて飲み込んでみた。小泡の多い生温かい粘液が喉を通過すると、甘美な興奮が全身に染みわたっていった。

さらに芙美子は熱い息を弾ませながら昭吾の顔中を舐め回し、唾液にヌメらせてから耳の穴をクチュクチュ舐め、やがて首筋を伝って胸へと下降していった。

乳首を吸われ、腋の下を舐められても、直接ペニスを刺激されないかぎり、精神的にすっかり優位に立っている昭吾はもう暴発する心配だけはなくなっていた。

芙美子の唇と舌は、脇腹やヘソから下腹部へと移っていった。

そして性急にペニスを舐めようとする芙美子を押し下げ、昭吾は太腿から爪先までの遠廻りを命じた。

芙美子は喘ぎながらも、黙々と従った。

脛から足首へ舌を這わせ、やがて昭吾の方に尻を向けてスッポリと爪先を含んでは舐めはじめた。巨大なむき卵のような尻がこちらを向いている。

谷間を見ると、溢れた愛液がベットリと内腿を濡らし、まるでバターでも塗りつけたようにテラテラと光っていた。

やがて左右の爪先や足指の股を念入りに舐め回し、ネットリと唾液にヌメらせてから、恐る恐る内腿を舌で伝って股間に這い上がってきた。

昭吾はゆっくりと腰を上げ、自ら尻の谷間を開いてやり、先にアヌスから舐めさせてやった。

もう待ちきれないように、チロチロとくすぐるような微妙な愛撫はせず、芙美子はいきなりベロベロと大胆に舌を這わせてきた。

そしてとがらせた舌を強引にアヌスにネジ込もうと押しつけ、生温かい唾液にヌルヌルとまみれさせてくれた。

せわしい鼻息が陰嚢をくすぐり、昭吾はうっとりとしながら両足を下ろした。そして陰嚢をじっくり舐めさせてから、ようやくペニスにたどりつかせた。

「ウン……、ムム……」

芙美子は鼻を鳴らして喉の奥まで飲み込み、いきなり顔を上下させ激しいピストン運動をしてくれた。

そして強く吸いながら引き抜き、スポンと引き抜いては亀頭だけしゃぶりチュパチュパ吸いながら尿道口に念入りに舌を這い廻らせた。

昭吾は最大限に勃起して呼吸を荒くし、ジワジワと快感が高まっていった。

「あうう、もっと舐めろ……。出すぞ……」

「ああっ、ダメ……！」

びっくりしたように芙美子が口を離して言い、急いで身体を起こして昭吾の上に這い上がってきた。

そして昭吾の股間を跨ぎ、自分で指を当てて陰唇を拡げ、当てがいながらゆっくりと腰を沈み込ませてきたのだ。

たちまち天を衝くペニスが、ヌルヌルッと熱くヌメる肉の奥に潜り込んだ。

「あうう……、すごい……、大きいわ……」

芙美子が完全に昭吾の股間に座り込み、上気した顔を上向けてうっとりと言った。そして昭吾の胸に両手を突いて、少しずつ腰を上下させはじめた。

ヌメった柔肉がこすれてクチャクチャと音をたて、昭吾も下から手を伸ばして彼女の両の乳房を摑んで揉みはじめた。

「くっ……、感じる……、何て気持ちいいの……」

うわ言のように言いながら、芙美子は髪を乱し肌を波打たせて次第に動きを速めていった。

昭吾はアヌスを引き締めて快感に耐え、危うくなるとギュッと乳房をわし摑みにした。

腰を浮かせる時は粘膜が吸盤のように吸いついてペニスを引っ張り、ヌルッと押し込んでくる時には、肉棒だけでなく身体ごとどこまでも深く心地よい穴の奥に潜り込んでいくようだった。

「あっ、あっ、イキそう……、ああっ……！」

動きながら芙美子が激しく身悶えはじめた。声のトーンも激しくなり、とめどなく喉の奥から絞り出された。

そして上体を起こしていられなくなったように、ガックリと昭吾に覆いかぶさって耳元に熱い呼吸を吹きかけはじめた。

身体が重なったため、上下運動が前後のそれへと変わった。

芙美子の動きに任せていては、すぐに射精してしまう。昭吾は下から彼女を抱きしめ、重なったままゴロリと寝返りを打った。

そして律動を止め、正常位で体勢を整えてからゆっくりと弱めた動きで腰を突き動かしはじめた。

「あうう……、抜かないで……、突いて、もっと強く……」

芙美子は仰向けになって口走り、しがみつきながら物足りなさそうにズンズンと下から腰を突き上げてきた。

心地よい肉のクッションが弾み、昭吾の胸の圧迫に豊かな乳房が両脇からはみ出しそうになっていた。

「そろそろイクぞ」

「ま、待って、お願い、もう少しだけ……」

芙美子はハアハア喘ぎながら肌を痙攣させ、哀願するように口走った。もう自分の絶頂より他は、何も考えていないようだった。

「じゃ、イカせてやるから後で何でも言うことをきくか」

「きく……、きく……、あああっ……！」

芙美子は悶え狂い、長い睫毛の間から涙をひと筋こぼし、形よい唇の端には唾液の小泡をためて喘ぎ続けた。

膣の中は熱い愛液の大洪水で、艶かしく収縮し蠢く肉襞が、波のようなうねりを起こしてペニスを刺激し続けていた。

やがて昭吾も我慢しきれなくなり、激しく腰を使いはじめた。

クチュックチュッと温かいヌカルミでも踏むような音がリズミカルに続き、まるで全身が一本のペニスになったように昭吾は突き続けた。

「う……、イキそうだ……」

「あうーっ……、いいわ、きて……、一緒に……、アアーッ！」

芙美子がビクンビクンと激しく全身を脈打たせて口走ると同時に、昭吾も全身トロけるような快感に貫かれて昇りつめた。

膣は脈打つザーメンを飲み込むようにモグモグと激しく収縮し、昭吾は力のかぎり腰を動かし続けた。

芙美子も次第に力が抜けていき、眉間に縦ジワを寄せる苦悶に似た絶頂の表情から、ゆっくりと魂の抜けた恍惚の表情へと変化していった。

その、緊張の抜けた快感の余韻の顔は、欲も得もない女神のような透き通った表情だと昭吾はぼんやりと思った。

2

若い昭吾が、一晩に一度の射精で治まるはずはない。しかし芙美子も一度オルガスムスに達してしまうと、二回めからは驚くほど早く昇りつめ、ふと我にかえって自責の念にかられる余裕さえなくなってしまうようだった。

すでにもう、芙美子は昭吾がかつて望んだような、セックスの奴隷と化しているのだった。

昭吾は、グッタリとなった芙美子の乳房をモミモミといじりはじめた。

「ああっ……、お願い、少し休ませて……」

「何でも言うことをきくと言ったよな?」

「言ったわ……。何がしたいの……?」

芙美子が、まだ整わぬ呼吸とともにけだるそうに言ったが、昭吾は答えず彼女をゴロリとうつ伏せにした。

「尻を突き出せ」

「あうう……」

芙美子はピシャリと尻を叩かれ、ノロノロと四つん這いになって尻を持ち上げた。

昭吾は後ろから覗き込んだ。可憐なアヌスの下のワレメからは、まだ拭いてもいない愛液とザーメンが逆流してヌラヌラと滴りかかっている。

「ここに、チ×チ×を突っ込まれたことあるか？」

昭吾はアヌスを指でツンツン突つきながら訊いた。

「ああっ……！　な、ないわ、そんなこと……」

「じゃ、この穴だけはまだ処女ってわけだな」

「い、いやっ……、入らないわ。それだけはやめて……」

芙美子がおびえたよう言い、プルンと尻を震わせた。

「アナルセックスを経験したいんだよ。何でもきくと言ったろ？　きっと病みつきになるほど気持ちいいぜ」

「き、汚いわ、コンドームもないのにそんなとこ入れたら……」

「済んだらあんたに舐めて綺麗にしてもらうさ」

いくら拒んでも昭吾は取り合わず、美しい義母の唯一残った処女の部分に執着した。

「もっと尻を突き出すんだ！　力を抜けよ」

「ヒッ……！」

また尻を平手で思いきり叩かれ、芙美子はビクッと尻を浮かせた。

昭吾は覗き込みながら、膣から滴る愛液混じりのザーメンを指につけ、ヌルヌルとアヌスに塗りつけはじめた。

「あう！」

やがてヌルッと人差し指を押し込まれると、芙美子は呻いてキュッとアヌスを締めつけてきた。

ザーメンのヌメリに、指は何の抵抗もなく根元まで入った。

昭吾はアヌスの内側を揉みほぐすように指を蠢かせ、ヌルヌルとザーメンをまといつかせてやった。

可憐なピンクのアヌスは指をくわえて収縮し、ツボミのような放射状の壁がピンと押し拡がってツヤツヤとした光沢を見せた。

処女の膣より狭い穴に入れるのだから、充分なアヌスのヌメリとペニスの硬度がなければならない。しかしペニスは、アナルセックスという未知の期待と興奮に、早くもムクムクと勃起しはじめていた。

昭吾は何度か指を抜いてザーメンを補充し、今度は中指を交互に入れてクチュクチュと前後に動かしてみた。

「あうう……、やっぱり無理だわ……」

芙美子が心細そうに言った。そのくせ昭吾がやめるはずはないと知っていて、彼女もアナル初体験の期待に新たな愛液を漏らしはじめているのだった。

昭吾は人差し指を挿入しながら、さらにもう片方の人差し指を押しつけてみた。

「くっ……、ダメ、入らない……」

「力を抜け。絶対入る」

昭吾は芙美子の呼吸を計りながら、二本めの指を強引に押し込んでいった。

「ア……」

芙美子の背中が反り返り、息を詰めて肌を痙攣させた。

左右の人差し指はそれぞれ縦並びに第一関節まで入り、しきりにキュッと閉じようとするアヌスの圧迫を押し拡げた。

「ダ、ダメ……、切れちゃう……」

芙美子は苦しげに切れぎれの呼吸をして、今さら腰を引いて避けることもできずに全身を硬直させていた。

それでも指は二本とも奥まで潜り込んでしまった。

最初はちょっぴりベタついていた内部も、潤滑油を補充するうち、すっかりヌラヌラと滑らかな感触になってきた。

「これだけ入ればだいじょうぶだろう」

昭吾は二本の指を内部でグネグネ蠢かせながら、やがて片方ずつ指を引き抜いた。

爪の先はザーメンや愛液のヌメリに混じり、ちょっぴり生々しい匂いが付着していた。しかし美しい義母の匂いと思えば刺激臭も興奮剤である。

「ああっ！　や、やめて……」

指先を鼻に押しつけられて芙美子がサッと顔をそむけた。

しかし強引に口に押し込み、昭吾は舌で清めさせた。

「あとで汚れたチ×チ×もしゃぶるんだ。これぐらい平気だろう？」

「クッ……、ウウ……」

芙美子は顔をしかめながら、自分の匂いのする指先を二本とも必死に舐めた。

やがて昭吾は完全に芙美子の尻を抱え、まずはバックから膣へとペニスを押し込んだ。

「アアッ……！」

さんざん愛液を溢れさせていた膣は、いきなり挿入されてキュッと締まり、芙美子が髪を乱して身体を反らせた。

昭吾は膣内の大量の愛液をペニスにまつわりつかせるため、ゆっくりと内部をかき回すように腰を突き動かした。

ペニスは充分な硬度を保ち、芙美子のヌメリにまみれてヒクついた。

「ああっ、お願い……、このままでいい……」

芙美子はくねくねと悩ましげに身悶え、このまま膣から引き抜かれたくないかのように必死に締めつけてきた。

しかし昭吾は潤滑油がつくと、ヌルヌルッと引き抜いてしまった。

「アア……」

芙美子は切なげに喘ぎ、顔をシーツに埋めたまま処女のアヌスをわななかせた。

「いいか、うんと穴を開かなくちゃ入らないぞ。我慢するほど痛いからな」

昭吾はヌメった亀頭の先端をアヌスに当てがいながら言った。

いかにもアナルセックスのベテランのような言い方だが、実はポルノ雑誌のアナル入門記事のとおりにしているのだ。

芙美子は顔を伏せ、口で息をしながらちょっぴり震えていた。

昭吾は腰を進め、力を入れて亀頭をアヌスに押しつけた。

「くっ……！」

芙美子がビクッと震え、喉の奥で呻いた。

芙美子の呼吸と押し込むタイミングがよかったのだろう。アヌスは丸く押し拡がり、ヌメリも手伝って亀頭部分が滑らかに潜り込んでしまった。

膣以上の締めつけに昭吾は息を詰めて舌舐めずりし、さらにヌルヌルッと押し込んでいった。

「くうっ……、あうう……」

芙美子が苦しげに呻き、それでもペニスは少しずつ奥へ奥へ挿入されていった。

「い、いた……、もう無理、入らない……」

「まだ半分だぜ。もっと穴をゆるめろ」

昭吾は腰を押しつけながら、両の親指でムッチリと尻の谷間を拡げ続けた。

股間を覗くと、アヌスの襞は滑らかな光沢を放つほどピンと張って、今にもパチンと引き裂けてしまいそうになっていた。

しかし確実に、ペニスはアヌスの収縮に合わせてモグモグと飲み込まれていった。

「あう！」

最後の一押しで、ようやくペニスは根元まで潜り込み、昭吾の下腹部が弾力ある尻の丸みに押しつけられた。

芙美子は息を詰めて呻き、たまにビクッと尻を震わせては苦しげに直腸を脈動させてきた。

膣内ほどの熱い体温は感じられないが、ピッタリと上下左右から締めつけて密着してくる粘膜が心地よかった。

それに芙美子の肉体の中で、はじめて自分のペニスが挿入されたという精神的な満足感がいっそう昭吾をうっとりさせた。

昭吾は芙美子の汗ばんだ背中に覆いかぶさり、両脇から回した手で乳房を摑みながら、ゆっくりと腰を突き動かしはじめた。

「ウウ……、ま、待って……」

芙美子がかぼそい声で言い首を振った。

しかし昭吾は構わず小刻みに動き、ギュッと乳房に指を食い込ませた。

ピストン運動で柔襞が摩擦されるというより、アヌスそのものがペニスに吸いついて一緒に動いてくるようだった。

それでも動きを大きくすると、ようやくペニスはヌルヌルと直腸の内襞に心地よくこすられはじめた。

「ア……、ダメ……」

芙美子がフラフラと頼りない声で言い、拒むようにアヌスを締め続けた。

押し込む時はアヌスごと奥に引っ込み、引く時は吸いついて一緒についてくるようだった。

それも次第に動きが滑らかになり、内部のヌメリにかすかにクチュクチュと音が聞こえはじめた。

「あっ……、ああっ……！」

やがて芙美子の喘ぎが大きくなり、一緒に尻を前後させるようになってきた。

痛みより刺激的な快感の方が大きくなってきたようだ。

昭吾が乳房から彼女の股間に手を伸ばすと、前のワレメは熱くジットリと潤い、小陰唇やクリトリスの感触さえわからなくなるほど指がヌルヌルと滑った。

さらに指を二本ヌルリと膣に押し込んでやると、たちまち溢れた愛液が指の根元まで熱く濡らし、トロトロと手の甲の方まで伝わってきた。

「感じてるのか？　気持ちいいんだな？」

昭吾が囁きかけ、膣に入れた指を荒々しく蠢かせながら、ペニスの律動を激しくさせていった。

「アアッ！　き、気持ち、いい……。メチャクチャにして……！」

芙美子はいつしか狂ったように喘ぎ、のしかかった昭吾をガクンガクン跳ね上げながら激しく身悶えはじめていた。

アヌスの奥から、ペニスの刺激が子宮にまで響くのだろうか。それとも芙美子ぐらいの熟女になると、もうどこの穴を責められても激しく感じ、あらゆる刺激も痛みもたちまち快感に変えてしまうのかもしれない。

昭吾も次第に高まり、狭い穴の中でヒクヒクとペニスを脈打たせた。

「くっ……、イク……！」

昭吾は芙美子の滑らかな背に顔を押し当てながら呻き、せわしく腰を突き動かしながら昇りつめた。

「あうーっ……、すごい……、感じる……！」

ドクンドクンと直腸の奥に向けて注がれるザーメンのほとばしりを感じたか、芙美子も肌を波打たせて絶頂の痙攣を起こした。

膣感覚ではないが、それは不完全なオルガスムスというより、今まではまったく異質で未知の絶頂感のようだった。

アヌスは激しく収縮し、昭吾の指を二本くわえた膣も艶かしく脈動した。

そして昭吾は、自分の手のひらにピュッピュッと熱い愛液がほとばしるのまで感じた。芙美子が、まるで射精するように愛液を脈打たせているのだった。

昭吾は快感の中でザーメンを出しきり、やがてせわしなく喘ぎながら動きを止めた。

そして膣からも指を抜くと、生温かい水アメのような愛液がトロトロと糸を引き、指の間にネットリとまといついてほのかな湯気さえたたえていた。

「ああ……」

芙美子も力尽きたように震える吐息をつき、尻を浮かしていられずにぐったりと腹這いになった。

満足げに緊張を解いたペニスが、ザーメンのヌメリにヌルヌルと引き抜けはじめた。

昭吾は身を起こして完全にヌルリと引き抜き、指で尻をムッチリと開き、処女を失ったばかりのアヌスを観察した。可憐なアヌスは凌辱のなごりに痛々しく腫れたように熱を持ち、レモンの先のようにちょっぴり突き出た感じだった。襞が震えて奥のヌルッとした粘膜を覗かせ、膣に向かう中心の襞が一本だけ赤い線になっていた。

どうやら初めての強引な挿入に、裂傷を起こしているようだった。

やがてアヌスからじくじくとザーメンが滲み出しはじめた。

「うっ……！」

芙美子が尻を震わせて呻いた。滲むザーメンが傷に触れてしみるのだろう。

昭吾は上からアヌスに向けて唾液を垂らしてやった。

ペニスは、亀頭のカリ首あたりにちょっぴり汚れが付着して匂いをさせていた。

芙美子に舐めさせてやろうとしたが、彼女はグッタリと失神したようになり正体をなくしている。

仕方なく昭吾は、呼吸を整えてから彼女を引き立たせて支え、バスルームまで運んでいった。

3

「何？　昭吾さん……」

翌日、朝食を終えたあと芙美子は、昭吾にスカートをめくられそうになり慌てて腰を引きながら言った。

いくら異常なセックスに乱れても、さすがに朝はそんな気になれないようだった。

「尻の穴の傷がどうなったか見てやるよ」

昭吾は芙美子を壁ぎわまで追いつめて言った。

今日は日曜日で外出の予定はなく、早苗からも電話が入り昼すぎに帰宅するということだ。

昨夜はバスルームで身体を洗った後も、芙美子はグッタリとしていくら愛撫しても大した反応はしなくなってしまった。

よほど、アナル初体験が刺激的すぎたのだろう。

それで昭吾もあきらめて二階の自室に引き揚げて寝てしまったのである。

「いいの……、もうだいじょうぶだから……」

芙美子は顔を曇らせて答えた。

初夏の快晴の朝、少年らしく外へ出ずにジメついた行為にしか興味を示さない彼を憂えているようだった。

そして芙美子は快感に押し流されている自分にも責任を感じるのだろう。しかし日中は義母であろうと努めても、二人きりの夜はすぐ昭吾の淫らなペースに身も心もトロトロに溶かされてしまう。

その妖しい触手が、明るい昼間をもジワジワと侵しはじめているようだった。

「何も薬をつけてないんだろ？　トイレで出すときに痛いぞ」

「平気……。大した傷じゃなかったんだから……」

「見たいんだ。これからトイレに行くとこだったんだろ？　出すとこ見せろよ」

昭吾はネチネチと言い、芙美子のスカートに手を押し込みパンティに指をかけた。

「ダメ……。バカなことしないで……」

芙美子は必死に腰を引いて股間を庇《かば》おうとしたが、年上で義母という立場も今は何の効力もないことを改めて思った。

とうとうパンティが膝まで下げられた。

そして昭吾は、完全にパンティを足首から引き抜いてから彼女をトイレに押し込んだ。もちろんドアは全開にしたままである。

洋式の水洗で、身体をドアに向けて座るようになっている。しかし昭吾はドア側からよく見えるように、彼女を向こう向きにさせ、和式スタイルで便座の上に載せてしゃがませた。

「あぁっ、ダメ……、見られていたら出ないわ……」

逆ハート形の豊かな尻を昭吾に向け、芙美子は両手に顔を埋めるように屈みながら言った。

「いいよ。出すまで待っててやるから」

昭吾は床にしゃがみ、芙美子の尻を見上げた。

アヌスの傷はやはり大したこともなく、赤い線も気をつけて見なければわからないほどうっすらとなっていた。

その向こうに僅かに開いてピンクの肉を覗かせたワレメが見え、ちょっぴり見える恥毛が震えていた。

さすがにまだ濡れてはいないようだ。

「ああ……、そんなに顔を近づけないで……」

芙美子が言い、しきりにワレメとアヌスをヒクヒク収縮させ、下腹に力を入れているようだった。

思い通りになるまで終わらないと知っている芙美子は、何とか羞恥と戦いながら早く済ませようとしているようだった。

「ア……！」

芙美子が呻き、やがて前のワレメからチョロチョロと水流が滴ってきた。

洋式の便座に乗っているため、拡散した放尿は勢いをつけて僅かに床を濡らしたが、すぐに芙美子が腰を引いて狙いを定めた。

それでも放尿はすぐに終わり、温かいシズクがワレメやアヌスの方にまで伝わってきた。

「大の方はまだか？　舐めて刺激してやろうか」

「ああん！　そんなことしないで……」

芙美子はしゃがんだままクネクネと色っぽく尻を動かした。

しびれのためか、足首は紙のように白くなり、今にもクタクタと便座から落ちそうになっていた。

昭吾は顔を寄せ、伸ばした舌先でヌルヌルとアヌスを舐めてやった。

「あう！　ダ、ダメ……」

芙美子はアヌスをヒクヒク収縮させて喘いだ。

ゆうべ最後に入浴したため、アヌスのベタつきも生々しい匂いもしなかったが、伝わってきたオシッコの味と匂いがちょっぴり感じられた。

しかし、とうとういくら待っても芙美子は大を排泄することができなかったのである。

いくら淫らな興奮にワメレを濡らし、昭吾の言いなりになってはいても、他人の鼻先で排便するなどという行為には抵抗があり肉体が受けつけなかったのだろう。

「もう堪忍して……。他のことなら何でもするから……」

芙美子がポロポロ涙をこぼして言い、昭吾もようやく彼女をトイレから出してやった。

しかし彼はまだ芙美子を解放せず、パンティもはかせないまま彼女をバスルームに連れていった。

「濡れないようにスカートを持ってろ」

「な、何する気なの……？」

芙美子は不安げに膝を震わせて言った。

昭吾は黙々と洗面器に湯を張り、シャボンを泡立てて芙美子の股間に塗りつけた。そしてヒゲ剃り用の安全剃刀を取った。

「いやっ……、何てことするの……!?」

「ツルツルのワレメが見たいんだ。どうせ剃ったって、親父が帰る半月後にはちゃんと生えてるから安心しろ」

「そ、そんな……!」

「動くと今度はワレメに傷がつくぞ。何でもするって言ったばかりだろ？　こいつがちゃんと生えるまでの間は、あんたはおれのオモチャだ」

昭吾は言い、剃刀を滑らかな下腹に当て、無造作に滑らせはじめた。

「アアッ……!」

ヴィーナスの丘の恥毛がゾリッと剃り取られ、芙美子はビクッと肌を強ばらせた。そして涙ぐみながらも、やはり肌やワレメを傷つけられるのは恐ろしく、息を詰めてじっとしていた。

昭吾は舌なめずりをしながら剃刀を這わせ続けた。次第に、恥丘のふくらみがツルツルにされていき、やがて真下のワレメが露になりはじめた。

「脚を上げろ。ワレメのまわりも剃ってやる」

昭吾は芙美子の片脚をバスタブのふちに掛けさせた。

「あ……、そっとして……」

陰唇を指でつままれ、芙美子は顔をのけ反らせて言った。

ゾリゾリとかすかな音をさせて恥毛が剃られていくうちに、いつか芙美子のワレメは熱く充血し、内側からヌラヌラと潤ってきた。

昭吾は、片脚を上げて大股開きになっている股間に完全に潜り込み、上を向きながら陰唇やアヌスのまわりまで念入りに剃っていった。

何度か洗面器で剃刀をすすぎ、新たなシャボンを塗りつけながら、やがて昭吾はすべて剃り終えた。

シャワーでシャボンを洗い流して眺めると、芙美子のワレメは丸見えとなり幼女のようにすべすべした地肌を露にしていた。

「見てみな。可愛いだろ」

昭吾は芙美子を屈ませて見せ、鏡で股間の真下まで覗かせてやった。

「ああっ……、は、恥ずかしい……」

芙美子は涙ぐみながらも、頬を桜色に上気させフラフラと虚ろに視線を漂わせた。

シャワーの湯ばかりでなく、溢れた愛液がヌラヌラと内腿を濡らしはじめていた。クリトリスは突き立ち、もう満足にしゃべれないほどハアハアと熱い呼吸が弾んでいる。

芙美子に気を付けの姿勢を取らせて正面から見ると、股間がYの字になり、その縦棒が僅かに上部にはみ出した感じだった。

剃りたての初々しい眺めは、恵美より幼く可愛らしいかもしれない。

「いいか？　今度おれの言うことをきかなかったら、生えかけた毛をすぐに電気カミソリで剃ってやるからな。そうするといつまでも毛は伸びずに、そのうち親父が帰ってくるからな」

二人の関係を昭一郎に知られて困るのは昭吾もまったく同じなのだが、やはり妻の立場の芙美子の方が分が悪いようだ。

しかし今の芙美子は何を言われてもわからず、ただ愛液を溢れさせてフラフラと上体を揺らし息を弾ませていた。

昭吾もズボンの中でビンビンに勃起していた。昨夜もう一回するつもりだったし、それに昭吾の性欲は昼夜を問わずいつでもムラムラと湧き上がってくる。

昭吾は立ったままの芙美子の股間に顔を寄せ、滑らかな恥丘に頬ずりし、熱くヌメッた陰唇に舌を這わせてやった。

「あう……、気持ちいい……、もっと……」

芙美子は快感の中毒になったようにすぐに喘ぎはじめ、昭吾の頭に両手をかけてグイグイ押しつけてきた。

柔らかな恥毛に鼻先をくすぐってもらえないのがちょっぴり物足りないが、滑らかな舌触りがよく、舐めやすくて、ぷっくりした恥丘の奥にコリコリする恥骨の膨らみがすぐ感じられた。

肌はほんのりシャボンの香りがし、念入りに舐めるとちょっぴり剃り痕のザラつきが感じられた。

愛液は大量に溢れて舌を生温かく濡らし、昭吾はクリトリスを吸い、膣口の奥まで舌を潜り込ませて動かしてやった。

「ああっ……、ここじゃイヤ……」

芙美子は喘ぎながらも、バスルームで立ったままでは落ち着けないようだった。

「じゃ庭へ出るか？」

「ダメ！　そんなこと……」

昭吾は口を離し、立ち上がって芙美子をバスルームから引っ張り出した。

もちろん庭などに出る気はない。ブロック塀はそんなに高くないし、すぐ隣家の庭や前の通りから丸見えだ。

昭吾はリビングにきて、芙美子をソファに押し倒した。

そしてブラウスをはだけて乳房を出し、自分もズボンと下着を脱いでのしかかっていった。

ピッタリと唇を重ねて舌をからめ、ヌレヌレのワレメを荒々しく指でいじってやった。

「口の中に出したい」

「ああん……、お願い、下に入れて……」

「口でしてもらいたいんだ。そんなに突っ込んでほしけりゃこれを入れてやる」

昭吾はテーブルの果物皿からバナナを手に取った。

そして皮ごと、先端の方からズブリと押し込んでやった。

「はうっ……！　くくっ……」

芙美子がビクッとのけ反り、顔をしかめて下半身をよじらせた。

冷たさと硬い感触に、快感より違和感の方が強いようだった。

「自分で出し入れしてオナニーしてみな。もっといいものを持ってきてやる」

昭吾は膣に突っ込んだバナナの根元を芙美子に握らせたまま、キッチンに立ち冷蔵庫を開けた。

そしてナスやキュウリを手にして戻ってきた。

「ダイコンまでは入らないだろうがな。こいつなら気持ちよさそうだろ？」

昭吾はキュウリを取り、仰向けの芙美子の片脚をソファの背もたれに載せ、大股開きにさせて屈み込んだ。

深々と押し込まれているバナナを、ヌルヌルと抜き取ってやった。ひんやりしていたバナナは生温かくなり、抜ける時は先端にツツーッと愛液の糸が引いた。

まずキュウリを芙美子の口に突っ込んで唾液にヌメらせ、指でワレメを開いて膣に押し込んだ。

「くっ……！」

またビクンと芙美子の身体がのけ反った。

「自分で動かせ。トゲトゲが気持ちいいだろう？　ちゃんと動かさないと、今度は尻の穴にナスを入れるぜ」

昭吾が言うと、芙美子はおびえたように挿入したキュウリを動かしはじめた。

大量の愛液にクチャクチャと音がし、芙美子も次第に異常な興奮に呼吸を弾ませていった。

「もっと動かせ。早苗が帰る前に一回イキたいだろ？　今度はこっちだ」

昭吾は乱暴にヌルッとキュウリを引き抜き、先端が丸く大きなナスを当てがった。

そして舌舐めずりし、ゆっくりと押し込んでいった。

「あ……、そっとして……」

芙美子が内腿をヒクつかせながら言い、僅かに腰を浮かせて入りやすいように角度を定めた。

膣口が丸く押し拡がり、たちまち愛液のまといついたナスの先端がみるみる滑らかに潜り込んでいった。

先端の太い部分が入ると、後はすぐにヌルッと奥まで自然に吸い込まれ、ナスの大部分が隠れてしまった。

しかしナスは太いだけで、あまり感じないようだ。

「どれがいちばんよかった？　やっぱりキュウリか？」

「いや……、痛いから……」

「よし、じゃバナナでイカせてやろう」

昭吾はナスを引き抜き、再びバナナを手にしてソファから芙美子をどかせた。そして自分が仰向けになり、シックスナインの体勢で上から芙美子に顔を跨がせた。芙美子は屈み込み、言われる前からためらいもなくペニスにしゃぶりついてきた。

昭吾も下から芙美子の尻を抱え、皮ごとバナナをヌルヌルの膣口にゆっくりと押し込んでやった。

「ううん……」

ペニスを含んだまま芙美子が呻いて、熱い鼻息が陰嚢をくすぐった。

バナナの反りが子宮の入口を刺激するのだろうか。芙美子は亀頭をしゃぶりながら、敏感な部分に触れられるたびにチュッと強く吸いついてきた。

昭吾はバナナを抜き、今度は皮をむいて押し込んでみた。柔らかいので注意しないと途中で折れそうになった。

やがてバナナを逆手に持ち、昭吾はクチャチャとまるでナイフで刺すかのように激しく突きまくってやった。

「ウ……、アウウ……！」

芙美子が呻き、負けないように必死に舌をからめてペニスを唾液まみれにさせ、ペニスを引き抜くような勢いでチュパチュパ吸いはじめた。

昭吾は快感に喘ぎ、気を逸らせようとバナナの律動を続けたが、やがて中ほどから折れてしまった。潜り込んでいる部分は芙美子の色っぽい愛液にまみれてグズグズになり、指を突っ込んでかき出してやった。

そして口を押し当ててクリトリスを吸い、ほんのりと甘いバナナの匂いのする膣口を激しく舐め回した。

バナナの残りと大量の愛液に甘酸っぱい味がし、舐めている昭吾の鼻先でピンクのアヌスがヒクヒクと可憐に収縮した。

芙美子はしなやかな髪を振りたて、いつか顔を上下させてスポスポと口によるピストン運動をはじめていた。

もう耐えきれず、昭吾は膣に二本の指を押し込み、クリトリスを貪りながら激しい快感に身を任せていった。

「グッ……、ウウ……！」

ザーメンの熱いほとばしりを喉に受け、芙美子が低く呻いて動きを止めた。そして一滴もこぼさぬように口でペニスの根元を締めつけながら、舌先で尿道口を何度も小刻みに舐め続けてくれた。

快感に全身を硬直させて喘ぐ昭吾の耳に、ゴクゴクと芙美子の喉の鳴る音が聞こえ、昭吾はアヌスを締めつけて最後の一滴まで絞り出してやった。

芙美子の舌はいつまでも動き、もっと余りをせがむように丸く締めつけた唇がモグモグ動いて、息を荒くして吸いつき続けた。

しかし、いくら昭吾が挿入した二本の指を動かしても、芙美子は昇りつめることができなかったようだ。

やはり本物の男性自身でないと物足りないのだろう。

「あう……、もういい」

射精直後の亀頭をいつまでも吸われ続けて痛くなり、昭吾は膣から指を抜いて腰を引き離した。

芙美子はチュッと尿道口を舐めてようやく離れ、ノロノロと身体を起こした。

やはり快感が中途でくすぶって不満そうな仕草だ。

「してもらいたかったら、夜だな。早苗を起こさないように声を出さないなら」

昭吾はあっさりと身体を起こして言い、自分だけサッサと下着とズボンをはいた。

芙美子もあきらめたようにザーメンにまみれた唇を舐め、バナナやキュウリなどを片付けてバスルームに行った。まだ体内にバナナのカスが残っているようで気持ち悪いのだろう。

折れてグズグズになったバナナはともかく、ナスやキュウリまで捨てることはない。こっそり早苗にも食べさせることを考え、昭吾はまたひそかに興奮した。

やがて芙美子が衣服を整えてバスルームから出てきた時、タイミングよく早苗が帰宅した。

昼飯が済めば芙美子は夕食の買い物に出るだろう。

その間にゆっくり早苗を抱いてやろうと昭吾は思った……。

第六章　羞恥の香り

1

「これでいいの？　買うの恥ずかしかったんだから……」

学校の帰り、恵美が昭吾に頼まれた買い物をして家にやってきた。

芙美子は、昭一郎が不在の会社に行っていろいろと事務整理をしている。早苗はテニス部で遅くなるだろう。

やはり恵美は、レズプレイなどさせられるよりも、昭吾と二人きりの方が嬉しいらしく、今日は簡単に来た。

学校の帰りで、濃紺のブレザーの制服姿である。

昭吾が恵美に金を渡して買いにやらせたものは、イチヂク浣腸と成人用の紙オムツだった。

「どうするの？　こんなもの……」

二階の部屋で、包みを拡げる昭吾に不思議そうに訊いた。小首をかしげる恵美の甘酸っぱい息と、乳臭い髪の匂いが昭吾の鼻腔をくすぐった。

「試してみたいんだ。まずはお前が実験台だな」

「何それ、いやん！」

恵美はビクッと両手を縮め、ぺたりと座ったまま後ずさった。

「イチヂクを何本使えば効果的か、催すまでどれぐらい時間がかかるか、そいつを知りたいんだ」

「な、何のために……。誰にするの？　早苗さん？」

「まあ、そんなとこだ」

「やめて。あたしなんかしなくたって、いきなり本番ですればいいじゃない……」

恵美はグスグスとベソをかきそうになりながら必死に昭吾の気持ちを変えようとした。

しかしドアまで逃げていった恵美は、すぐに捕まってズルズルと部屋の中央まで引き戻されてしまった。

「ああん！」

「スッキリするぜ。どうせ便秘がちなんだろ？」

昭吾は押さえつけて言いながら恵美のスカートをまくり上げ、パンティをズルズルと引き下ろしはじめた。

恵美はノロノロ抵抗しながらも、パンティが抜き取られると身を縮めて静かになった。

股間には赤ん坊のようにふっくらとした生ぬるい匂いが籠もり、昭吾は淡い恥毛の煙るワレメに、まずはギュッと顔を押し当ててしまった。

「あん！」

恵美はビクッと震えて声をあげ、ムチムチした弾力ある肌をクネらせた。

恥毛に籠もる美少女の汗の匂いと可愛らしい残尿臭を嗅ぎ、ぷっくりしたヴィーナスの丘にグイグイ鼻先を押しつけた。

そして舌を伸ばしてちょっぴりしょっぱいワレメを舐め、可憐な小陰唇を押し拡げてクリトリスや膣の奥までヌルヌルと舐め回してやった。

「ああっ……、いやあん……」

恵美が腰をクネクネさせて甘ったるい声を洩らし、少しずつワレメの奥がヌラヌラと滑らかになってきた。

しかし今日の第一目的はセックスではない。

昭吾は恵美の可憐な匂いを堪能すると顔を上げ、完全に恵美のスカートやブラウスまで脱がせて全裸にしてしまった。

胸元や腋の下もほんのり汗ばんで、ミルクのような甘ったるい匂いをさせていた。不安と緊張に桜色の乳首が縮こまっている。

そして昭吾は恵美の両脚を大きく開かせて浮かし、アヌスまで丸見えのオシメスタイルにさせた。

「縛っていいか？」

「いやん……」

「じゃこのまま動かずに、おとなしくしてるんだぞ」

「ん……」

恵美は自分で両脚を抱えさせられたまま、心細げに頷いた。

結局いくら嫌がっても、恵美はズルズルと昭吾の言いなりになってしまうのだった。大人しい恵美は、肉体関係を持ってしまったというだけで永遠に切れない深い絆ができたように思っているのかもしれない。

昭吾は恵美の可愛いお尻に顔を寄せていった。

小さなアヌスがぽつんと恥ずかしげに閉じられてヒクヒク震えている。

「お尻の穴舐めて、って言ってみろ」

「お尻の穴舐めて……、ああん！」

鈴の音のように澄んだ声が小さく響き、恵美は言ってから羞恥に身悶え、パッと両手で顔を覆った。

昭吾は両の親指でムッチリと尻のワレメを拡げ、ピンクのアヌスに唇を寄せた。

やはり可愛らしい匂いがして、すぐ上の陰唇は新たな蜜をヌルヌル溢れさせていた。

ちょっぴり生々しい匂いがするということは、今朝もちゃんと排便したということだ。しかし、この際かまわないだろう。本命の芙美子を羞恥地獄に落とす前の実験にすぎないのだから。

昭吾はチロチロ舐めてアヌスを唾液にヌメらせてから、まず綿棒を手にしてクチュクチュとくすぐってやった。

「あう……、やあん……、くすぐったい……」

恵美がキュッキュッとアヌスを震わせて鼻声を出した。

やがて綿棒をネジリながら、ゆっくりとアヌスに押し込んでやった。

「気持ちいいか？　細いから痛くないだろ？」

「ん……、痛くないけど、変な感じ……」

綿棒は根元まで潜り込んでいった。

「あ……、ああん……」

昭吾がさらにツンツン突ついたりネジったりすると、恵美がハアハア息を弾ませて喘ぎはじめた。

昭吾は綿棒でアヌス内部を充分に刺激してから、またゆっくりと引き抜きはじめた。

「うん……」

排泄に似た感触に、恵美はぼうっとした表情で顔を上向けた。

白い綿棒の先端がちょっぴり黄色く汚れて、ほんのり刺激的な匂いがした。

昭吾は綿棒を捨て、いよいよイチヂク浣腸を手に取った。キャップを外し、恵美のアヌスに押し当ててやる。

「いいか、入れるぞ。力を抜いてろよ」

「ああん……、なんか怖い……」

恵美がまた涙ぐみはじめたが、昭吾は構わず、プスリと差し込んでやった。

「きゃん……！」

恵美は子犬のように啼き、拒むようにキュッとアヌスを閉じようとした。しかし浣腸は深々と押し込まれ、昭吾は手のひらをギュッと握りしめて薬液を注入しはじめた。

「あう……、なんか変……、気持ち悪い……」

恵美ははじめて浣腸される違和感に、ユラユラと潤んだ視線を漂わせながら、必死にこの感覚を探ろうとしているようだった。

やがて一個めのイチヂクが空になった。昭吾は引き抜いてクズ籠に捨てる。

「あう」

引き抜かれると同時に、恵美はキュッとアヌスを引き締めて呻いた。注入された薬液がチョロリと漏れるような気がしたのだろう。

「もう一個入れるからな」

「あうう、お、願い、もうよして……。出ちゃいそうなの……」

「もっと我慢しろ。早すぎるぜ」

「ダメなの、ほんとに……」

恵美は脂汗《あぶらあせ》を滲ませていた。

極度の羞恥と緊張から、僅かな薬液だけでてきめんに効いてきてしまったようだ。

色づいたアヌスはヒクヒクとせわしく収縮を繰り返し、ちょっぴり滲んだ薬液にヌメヌメと潤んできた。

そして本当に、かすかだかグルグルと下腹の躍動する音が昭吾の耳にも聞こえてきたのだ。

仕方なく二本めは勘弁してやり、昭吾は成人用オムツを取り出して恵美の股間に当ててやった。

「いやあん、こんなの！　お願いだからトイレに行かせてぇ……」

恵美がグズグズ泣きながらむずかりだした。下腹が重ったるくなって自分ではもう起き上がる気力もないようだった。

昭吾は構わず恵美の腰を浮かせ、オムツを当ててしっかりと装着してやった。

白のソックスだけはいた全裸の美少女が、脚を開いてオムツを当てている姿は何とも幼く可愛らしいエロチシズムをかもし出していた。

「可愛いじゃないか。オムツがよく似合うぜ」

「ああん……、やだってばぁ……」

ほめられても嬉しくないようだ。恵美は仰向けのまま髪を乱していやいやをした。

やがて昭吾は甘ったるい匂いを揺らめかせる恵美の肌に屈み込み、ようやく突き立ってきた乳首をチュッと含みコリコリと舌で圧迫してやった。

「あうう……、やめてえ……」

しかし恵美は腸の躍動に心を奪われ、何をされてもうるさく感じるだけのようだった。

「よしよし。赤ん坊にはミルクを飲ませてやろうな」

「いらないもん、そんなの……」

昭吾が引っ張りたしたペニスを見て、恵美はスネたように言い顔をそむけた。

「ミルクを全部飲み終えたら、トイレまで連れてってやる」

「本当!?　じゃ早くう……。おなかが苦しくて、もうダメなの……」

うってかわって恵美はペニスをせがみはじめた。

昭吾は下半身を丸出しにして恵美の顔を跨ぎ、腰を沈めてくわえさせてやった。

「ンン……」

恵美は息を弾ませて亀頭を含んだ。そして、まるで本当に乳首でも吸うようにチュッチュッと音をたて、頬をすぼめて強く吸いはじめてきた。

ペニスはたちまち美少女の口の中で唾液にまみれて、ムクムクと最大限に容積を増していった。

「ウウン……、ング……」

恵美は長い睫毛を伏せて、唇をモグモグさせ続けた。

尿道口にもまんべんなく舌を這わせ、幼いながらテクニックを駆使して必死に射精を早めようとしているようだ。

空いている指を陰嚢に這わせたり、仰向けのまま顔を上下させてのピストン運動さえも一生懸命やってくれた。

それでも断続的に便意が突き上がってくるのだろう。恵美はたまに舌の動きを止めてウッと呻き、波をやりすごしてからまた吸いつきはじめた。

しかし昭吾がなかなか射精をする気配がないので、とうとう口を離してハアハア息をついて言った。

「まだ？　おなかが痛いの……。ミルク出すの、後じゃダメ……？」

「ダメだ。続けろ。もう少しで出そうだから」

昭吾は無情に言い、喘ぐ恵美の口にすぐズブリとペニスを押し込んでやった。

そして今度は昭吾の方から腰を上下させて動き、恵美の喉の奥まで突きはじめた。

「ウグ……」

恵美が眉をひそめて呻き、生暖かい唾液をトロトロと大量に溢れさせた。

押し込むと亀頭先端が、恵美の喉の奥のヌルッとした粘膜に触れて気持ちよく、昭吾はようやく少しずつ高まってきた。

そして次第に動きを速め、恵美の口腔からノドチンコまで突いて犯し続けた。

「イ、イクぞ……、全部飲めよ……」

昭吾は声を出し、恵美の髪を摑んで引き起こし、ペニスに向けてヌルヌルと動かしてやった。

同時に昭吾の背骨を快感が突き上がり、熱いザーメンが勢いよくほとばしった。

「アグッ……、ゴホッ……！」

仰向けのまま大きく口を開き、そのうえ喉の奥に大量のザーメンが直撃し、堪らずに恵美は激しく咳《せ》き込んだ。

同時に下腹に力が入ってしまったのだろう。昭吾の背後で、オムツの中でくぐもった下品な音響が聞こえてきた。

「ああん……、もういや……、ひどいわ……！」

ようやく咳は治まったが、湿ったゴム風船から空気が絞り出されるような音は断続的に続き、恵美は顔中をグショグショにして泣きだしてしまった。

さらに追い討ちをかけるように、余りのザーメンが彼女の顔中に飛び散った。

それは目つぶしのように恵美のつぶらな片目を直撃し、つんと上向き加減の愛らしい鼻も汚し、開いた口や鼻の穴にもヌルヌルと注がれた。

「えーん、バカ、もうだいっきらい……」

恵美は泣きながらいやいやをし、昭吾はようやく快感の余韻の中で最後の一滴を恵美の口に垂らし、ほのかな刺激臭を感じ取った。

跨いでいた恵美の顔から離れ、昭吾は彼女の顔中を汚したザーメンを指でかき集めて口に流し込んでやり、改めてオムツの音響に耳を澄ませた。

間隔は遠くなっているが、それでも思い出したように音がし、恵美は泣きながらも気持ち悪そうに脚を拡げていた。

生々しい匂いは次第に部屋中に籠もりはじめているが、別に不快ではなかった。むしろ悪臭であるほど、恵美を凌辱した証のように思えて満足だった。

「気持ちいいだろう。ゆっくりと、いっぱい出せ」

「…………」

脂汗の滲む額に貼りついた髪をかきあげてやり、昭吾が声をかけても恵美は顔をそむけて返事をしなかった。

それでも彼女の顎に手をかけ、苦痛に歪む顔を仰向けにして観察してやった。

「くっ……！　いじわる……」

恵美は頬を涙で濡らし、まだ残っているザーメンで唇をヌルヌル光らせていた。

紙オムツからは、中のものは別にシミ出してはいない。

しかし芙美子の時はオムツよりも、直接出すところを観察してやりたかった。

その方が羞恥は倍加されるだろう。

「もう済んだか？　起こしてやる」

昭吾は音が洩れてこないのを確かめ、恵美を引き起こしてやった。

「やあん！　脱がせないで……！」

ビクッと我に返ったように恵美が手を振り払った。

「ずっとこのままじゃいられないだろ？　下の風呂場へ行くんだよ」

昭吾は持て余したように言い、乱暴に引き立たせて肩を抱き、そのまま階段を下りはじめた。

「あん……、気持ち悪いよお……」

そろそろと歩くたび、中のものがワレメや内腿に付着するのだろう。恵美はいつまでもグスグス泣きながら、ようやくフラフラとバスルームに入った。

そしてシャワーで湯を出しながら、恵美のオムツを外しにかかった。

「いやあん！　自分でするう！」

「じっとしてろ。お前は赤ん坊なんだから」

「赤ん坊じゃないもん！」

むずかる恵美を押さえつけ、昭吾は無理やりオムツを外してやった。

2

「何なの、この匂いは……」

帰宅した早苗が顔をしかめて言った。

もう昭吾も恵美も二階の部屋に戻っている。ドアは開け放しにしているが、奥の自室へと廊下を通過する早苗はすぐ異臭に気がついたのだろう。

窓も開けているし、昭吾はすっかり嗅覚が馴れてしまって気にならなかったが、まだ多少漂っているようだ。

汚れた紙オムツは、ビニール袋に何重にも密封して捨てた。

「恵美に浣腸してやったんだ。あんたもしてやろうか？」

「まあ……」

早苗は美しい眉をひそめ、セーラー服のまま昭吾の部屋に入り、同情するように恵美を見下ろした。

「えーん……」

ようやく泣きやんだのに、また恵美が泣きだしてしまった。

もう制服を着ているが、まだアヌスがピリピリとしみて違和感が残っているのだろう。

「何て可哀相なことをするの、昭吾は！」

早苗が切れ長の目を吊り上げて言い、幼児でもあやすように恵美の髪を撫でた。

「尻の中が綺麗になったんでアナルセックスでもしようと思ってたんだ。恵美を可哀相と思うならあんたが代わりになるか？　まだイチヂクは余ってるぜ」

「バカ。……でもいいよ。もしあたしの言うことをきいたら」

早苗がニヤリと笑って言った。

「なに？」

「あたしがいじって五分間、射精しなかったら浣腸でもアナルでもさせたげる」

何か早苗には勝算があるようだ。

「面白え。やってもらおうじゃないか。五分我慢すりゃいいのか？　たった今ザーメン出したばっかだぜ」

「いいわ。ベッドに仰向けになって。恵美ちゃんも手伝って、かたきを討つから」

早苗は昭吾に近づき、テキパキとズボンと下着を脱がせはじめた。そして下半身を丸出しにさせてベッドに仰向けにした。

何が起こるかという快感の期待に、昭吾のペニスは早くもムクムクと鎌首をもたげはじめている。しかし恵美の口に発射したばかりだ。五分間ぐらい我慢するのはわけないと思った。

「道具、使うわよ。これとこれ」

早苗は持っていた通学カバンの中から、何かコードがついた器具を二種類取り出して見せた。一つはウズラの卵みたいな楕円形のピンクのバイブで、コードがスイッチボックスにつながっていた。もう一つは男性器を模した太く長いクネクネバイブで、やはり何段階かスイッチの切り替わる電池ボックスにコードが伸びていた。

「まさか、チ×チ×みたいなバイブを尻に突っ込むんじゃないだろうな」

「これは振動させるだけよ。お尻に入れてあげるのはこっちの小さい方」

早苗は目をキラキラさせて言った。泣きやんだ恵美も好奇心が湧いたか、はじめて見る器具を熱心に観察していた。

ひょっとしたら早苗はもともとレズの気があって、最近よく泊まる同級生とプレイにふけっているのかもしれない。

でなければ、そんな何種類ものバイブを持っているはずはなかった。

「ゾッとしねえな。そんなの尻に入れられるなんて」

「気持ちいいことはためらっちゃダメね。昭吾だって人にはさんざんしてきたんだから」

早苗は言い、ウズラの卵形バイブを口に含んでクチュクチュと唾液でヌメらせた。

そして昭吾の両足を持ち上げ、アヌスもためらいなくヌルヌルと舐め回してくれた。

やがて丸い小さなバイブが押し当てられ、昭吾が息を吐ききった途端、ヌルリと押し込まれてしまった。

「あう！」

「ふふ、なに処女みたいな声出してるの」

早苗が言うと、恵美までクスクス笑い出した。

「く、くそっ、早くやってみろ。もう今から開始だからな」

「いいわ。今からスタートで五分間よ」

早苗はチロリと舌舐めずりして言い、スイッチを入れた。

同時に、昭吾のアヌスに潜り込んだバイブがブンブン唸りをあげて跳ね廻りはじめたのだ。

肛門の奥から前立腺を刺激され、たちまちペニスは最大限に勃起して硬くなった。

さらに早苗はもう一本のバイブのスイッチを入れ、振動する先端をペニスの裏側から、敏感な尿道口の下までツツーッと押し当ててきたのである。

「くっ……！」

昭吾は低く呻きながら、今までの女の舌や柔肉とはまた違う快感を発見したように思った。

「ね、恵美ちゃん、一緒に舐めようね。すぐ出るから」

早苗が言い、恵美の顔を引き寄せながら亀頭に舌を這わせはじめた。

顔を寄せ合った二人の息が混じり合い、それぞれの舌が尿道口や亀頭のカリ首を心地よく刺激しはじめた。

そればかりではない。アヌスの奥ではバイブがブンブン蠢いているし、ペニスの裏側や付け根は男根形バイブの先端が激しい振動を伝えてくるのだ。

いわば四種類の刺激がアヌスとペニスに集中していた。

「恵美ちゃん、飲みたい？」

「いい……。お姉さん飲んで……」

「じゃ、タマタマを舐めてあげて。まだ一分しか経ってないから、ゆっくり舐めてればいいのよ」

早苗は男根バイブでペニスの裏側を刺激しながら、カポッと亀頭を含んでクチュクチュ舐めながら吸いはじめた。

恵美は陰嚢にチロチロ舌を這わせ、たまにコードの伸びているアヌスまでヌルヌルと舐めてくれた。

大変な快感だった。昭吾はもう意地を張る余裕もなく、この初めての快感にのめり込んでいった。

「あ……、イク……！」

喉の奥で呻き、昭吾は早苗の口の中でビクンビクンペニスを脈打たせた。

早苗はすこしも慌てずにザーメンを受け、こぼさぬように口を締めつけながら少しずつコクコクと喉に流し込んでいった。

昭吾はヒクヒクと全身を脈打たせてザーメンを絞り出し、やがて最後の一滴まで早苗に吸い取ってもらった。

やがて力を抜いても、アヌスの中ではバイブが跳ね廻り、いつまでも快感が続くようだった。

早苗が口を離し、男根形バイブを外してスイッチを切った。

恵美も陰嚢から唇を離して、「もう済んじゃったの？」というふうにびっくりして早苗と昭吾の顔を見比べた。

「三分ね。昭吾の負けだけど、気持ちよかったでしょ？」

早苗が舌舐めずりして言い、卵バイブのスイッチを切り、コードを引っ張ってヌルリと引き抜いた。

「ああ……、またやってほしいね」

昭吾は息を弾ませ、負け惜しみのように言った。

「じゃ、時間内に漏らしちゃった罰に、今度はこれであたしたちを気持ちよくさせて」

「いいぜ。二人ともその太いやつでヒイヒイ言わしてやる」

昭吾が言うと、恵美が長いバイブを見てビクッと肩を震わせた。

「お姉さん、こんな太いの入っちゃうの……？」

「入るわ。恵美ちゃんだって、うんとヌレヌレになれば」

「やん、怖い……。それに、もう遅いから、あたし帰る……」

窓の外はすっかり薄暗くなっていた。

二人とももう恵美を止めようとはせず、おとなしく帰してやった。

そして昭吾は義姉と二人きりになってセーラー服を脱がせ、テニスですっかり艶かしい匂いのついた肌に舌を這わせ、やがてバイブを手にのしかかっていった。

3

芙美子の恥毛がようやくちょっぴり生えはじめてチクチクしてきた。

今夜も早苗はいない。昭吾は例によって芙美子の寝室に忍び込み、彼女を全裸にしたところだった。

　そして、早苗に借りた二種類のバイブも手にしていた。

「こいつを舐めてみな。オ××コに入りやすいように」

　昭吾は男根形バイブを芙美子の口に押しつけた。

「アウ……」

　喉の奥まで押し込まれ、芙美子は眉をひそめた。

　淫らな器具を昭吾が持っていることでびっくりしているようだ。もしこれが、娘の早苗に借りたものだと知れば、もっと驚くだろう。

　そして貸した早苗も、まさか昭吾がこれを母親に使用するなどとは夢にも思っていないだろう。

　昭吾はバイブをグイグイ動かし、タップリと唾液をまといつかせてやった。

　そして引き抜き、露になった芙美子の下半身に屈み込んで大股開きにさせた。

「ああ……、ら、乱暴にしないで……」

　芙美子が喘ぎながら言い、それでも妖しげな期待に成熟したワレメは充分すぎるほど愛液を溢れさせていた。

　ちょっぴり生えはじめた恥毛がかえって淫らに見え、露出したクリトリスがヒクヒク震えて股間に生ぬるい匂いが籠もっていた。

昭吾はスイッチを入れ、まずはバイブの先端をクリトリスに押しつけてやった。

「ヒッ……！」

芙美子が息を呑み、あまりの刺激にビクッと電気でも走ったように肌を脈打たせた。

昭吾は舌舐めずりし、さらに指で包皮を押し上げ、完全にクリトリスをむいて刺激し続けた。

バイブの激しい振動にクリトリスの輪郭が霞み、下のワレメからトロトロとネバつく愛液が大量に溢れ出した。

「あ……、あうう……、ダメ……」

芙美子がうねうねと悩ましく肉体をクネらせ、少しもじっとしていられないように身悶え続けた。

昭吾は顔を寄せてヌメヌメの陰唇を舐め、さらに奥まで舌を入れて這い廻らせた。

ネットリとした生ぬるい蜜が舌の動きを滑らかにし、さらに昭吾は芙美子の腰を浮かせてアヌスまで念入りに舐めてやった。

そしてもう一つの、ウズラの卵形バイブを取り出し、唾液にヌメッたアヌスにヌルリと押し込んでやった。

「あうっ……！　な、何するの」

芙美子が慌ててアヌスを締めたが遅く、楕円形のバイブはアヌスからコードだけ伸ばして奥へ姿を隠してしまった。

そしてスイッチを入れると、アヌスの奥でかすかにブーンとモーターの振動する音が聞こえ、アヌスがキュッキュッと艶かしく収縮した。

「ああ……、やめて……」

二種類のバイブにアヌスとクリトリスを刺激され、芙美子は内腿を震わせて悶え続け、何度かビクンと顔をのけ反らせて痙攣した。

やがて昭吾はクリトリスに当てていたバイブを滑らせ、何回かワレメを上下にこすりながら膣口に当てがっていった。

「いいかい？　入れるぜ」

唇を湿らせて芙美子の顔を見上げ、昭吾はゆっくりと押し込んでいった。

「くっ……！」

芙美子が身体を弓なりにして完全に反り返った。

バイブの亀頭部分がヌルッと潜り込み、後は自然に吸い込まれるように滑らかに挿入されていった。

そしてバイブの根元から枝分かれした突起が、またクリトリスに当たって刺激しはじめた。

さらにスイッチを切り替えると、ブーンと振動がしていたバイブが奥でウインウインと激しい唸りをあげて暴れはじめたようだった。

「アアッ……、い、いやっ……、止めて……!」

芙美子が悶え狂い、失神寸前のように腰をよじり、もがき続けた。

昭吾は構わず、膣とアヌスにバイブを押し込んだまま芙美子の上半身に顔を寄せていった。乳房に顔を埋め、すっかり硬くなっている乳首を吸い、さらにもう片方をわし摑みにしながら顔を上げて唇を重ねた。

「ウ……、ムム……」

芙美子は熱い息を弾ませ、下から激しく昭吾にしがみついてきた。そして渇きをいやすように、侵入した昭吾の舌に吸いついてきた。

昭吾は指の痕がつくほどギュッと乳房を摑み、ちょっぴり唾液を注いで芙美子に飲ませてやった。

バイブの振動音はいつまでも続き、室内に熟女の甘い体臭が籠もった。

「バイブとチ×チ×とどっちがいい？」

僅かに唇を離して囁いた。唾液が糸を引いて互いの唇を結んでいる。

「チ、チ×チ×……」

「入れてほしいか？　尻とオ××コとどっちに入れようか」

「オ、オ××コに入れて……」

芙美子はハアハア息を弾ませ、涙を滲ませながら言った。

昭吾は身体を起こして再び芙美子の下半身に向かった。

少しの間にさらに大量の愛液が溢れ、バイブの根元までヌルヌルにして妖しい光沢を放っていた。

引き抜こうとしてバイブの根元を握っても、ヌルッと滑るほどだった。

まずスイッチを切り、ゆっくりと引き出してやった。熱気とともにほんのりと湯気さえ立ち昇り、やがてバイブが引き抜けると膣口がキュッと締まり、さらに小泡混じりの愛液が大量にジュクジュクと押し出されてきた。

アヌスに潜り込んでいるバイブはそのままである。

昭吾は挿入する前に、顔を押し当てて念入りにワレメを舐めてやった。

淡い酸味のある愛液がヌルヌルと舌を濡らした。それはもう舐めるというより飲み込むほどの量である。

バイブのおかげで出番のなかったペニスは、もう充分に勃起してカウパー腺液を滲ませていた。

顔を上げ、下半身を義母の脚の間に割り込ませていった。

そして急角度にそそり立つペニスに手を添え、ヌルヌルと押し込んだ。

「アアッ……、す、すごい……!」

芙美子が下から両手を回してしがみつき、昭吾は根元まで挿入して身体を重ねた。

汗ばんだ餅肌がピッタリと吸いつき、昭吾は柔らかな肉のクッションの上で快感を噛みしめた。

熱く柔らかな肉襞がキュッとペニスを包み込み、さらに間の肉を通して、アヌスに押し込まれたバイブの振動が心地よくペニスの裏側に伝わってくるのである。

昭吾はしばらく動かず、芙美子の肉の感触とアヌスの振動を味わった。

「あうう……、イ、イキそう……」

しかし芙美子の方が性急に絶頂を求めるかのように、下からギシギシと腰を突き動かしてきた。

やがて、昭吾も少しずつ合わせて腰を動かしはじめた。

今夜は連続で射精しなくても、回復する間にバイブで何度も芙美子を昇りつめさせることができるだろう。

ピチャクチャと湿った音がし、ペニスを押し込むたびに間から溢れた愛液が陰嚢をヌルヌルと濡らした。

「あ……、いい、もっと突いて……！」

ガクガクのけ反っていた芙美子の顔がずっと反ったままになり、喉の奥からかすれた喘ぎ声を洩らしはじめた。本当に、オルガスムスがもうすぐそこまでやってきているようだった。

昭吾は汗ばんだ首筋に顔を埋めながら身体を前後させ続けた。最初の頃のような性急なピストン運動ではなく、浅く深く、奥で円を描くような、焦らしながら様々な変化をつける律動を自然に身につけていた。

「く、くうーっ……、すごい、イク……！」

やがて芙美子が狂ったようにもがきはじめ、必死に昭吾の背に爪を立ててガクンガクンと激しく痙攣した。

膣の奥も艶かしい蠢きをはじめた。無数の舌がペニスをしゃぶり、別の生きものが激しくペニスに吸いついてくるようだった。

「う……」

昭吾もジワジワと快感が全身に染みわたり、やがて激しく腰を突き動かしはじめた。

「ああーっ……！　気持ち、いい……」

芙美子が両足まで昭吾の腰に巻きつけてきて、奥へ奥へと結合を深めようと激しくからみついてきた。

たちまち昭吾も絶頂に達した。

ドクンドクンと身体中の体液を放出するようにザーメンが脈打ち、そのほとばしりを子宮の入口に受けた芙美子がさらにのけ反ってヒクヒクと喘いだ。

最大のオルガスムスを同時に迎えて、二人は息が詰まるほどの快感をえんえんと味わった。

やがて膣の脈動にありったけのザーメンを絞り取られ、昭吾はグッタリと力を抜いて体重を預けた。

そしてノロノロと身体を起こし、ペニスを抜いて股間に屈み込んだ。

アヌスのバイブはまだブンブン唸っていて、失神したようにグッタリしている芙美子もたまにピクン、ピクンと肌を波打たせていた。

昭吾はスイッチを切ってコードを摑み、ゆっくりと引き抜きはじめた。

「あうう……、いやっ……」

芙美子がビクッと震えた。

大きなオルガスムスの直後は、しばらくはどこにさわられても敏感に反応してしまうようだ。ちょうど射精直後の亀頭のように、かえって刺激がうるさく感じられるのかもしれない。

可憐にヒクつくアヌスが、ゆっくりと奥から押し拡げられてきた。

そしてバイブの丸い先端が顔を覗かせ、コードに引っ張られながらヌルヌルと引き出されてきた。

「く……」

排泄と同じように、ピンと張りつめたアヌスがモグモグと蠢き、あとは昭吾がコードを引っ張らなくても直腸の運動でコロリと押し出されてきた。

アヌスはすぐにキュッとつぼまって、膣から溢れてきた愛液にヌメヌメと艶かしく光った。

ウズラの卵形バイブのピンクの表面には、ちょっぴり絵の具でもこすりつけたような付着があり、ほのかな生々しい匂いをさせていた。

昭吾はティッシュを取ってペニスと芙美子のワレメを念入りに拭き、持ってきたもう一つの道具を見て胸を高鳴らせた。

4

「もっと尻を突き出せ。穴がよく見えるように」

「ああっ……、何する気なの……」

バスルームで、昭吾は芙美子をバスタブのふちに両手を突かせ、大きく尻を突き出させた。

手には、イチヂク浣腸が握られている。

この究極の羞恥を与えることで、セックス奴隷は完成されるだろう。

まして毎朝、昭吾は芙美子の排便を見たがってトイレまでついて行くのである。

小用は何とか必死に行なうものの、大の方だけは見られているとどうしてもできず、もう芙美子は三日ほど排便していなかった。

昭吾はキャップを外し、左手で尻の谷間を拡げた。恵美にしてやった余りのイチヂク浣腸が全部で三個ある。

まず一本目を当てがい、プスリと押し込んでやった。

「はうっ……、い、いやっ……！」

芙美子が豊かな尻をプルッと震わせて声をあげた。

それでも、まだオルガスムスの余韻が残ってフラフラと頼りない感じだった。

昭吾は容赦なくイチヂクを握りつぶし、薬液を注入してやった。

「あうっ……、ダメ……」

「スッキリするぞ。三日も出していないんだろ？」

「い、いやあっ……！」

浣腸などされるのは生まれて初めてだろう。

芙美子は必死に逃げようとしたが、押し込まれた薬液の重ったるい違和感に、もう身動きすることもできなくなっていた。

引き抜き、二本めを押し込んですぐ注入してやった。もう三本めがキャップを外して待っている。

「くっ……！　ダメ、出ちゃう……」

芙美子が息を飲み、慌ててキュッとアヌスを締めつけてきた。

恵美の時もそうだったが、浣腸に馴れていないと注入して間もなく違和感で腸が躍動して催してしまうようだった。

「まだ我慢しろ。もう一本残ってる」

「も、もういや……、アウッ……！」

三本めがヌルッと押し込まれた。

直腸の圧迫で、多少イチヂク浣腸を握りつぶすのに抵抗があった。

それでも強引に注入を終え、昭吾はアヌスを観察した。

つぼまったアヌスの周囲が、まるで小さなバラの花弁のようにプクッと盛り上がってヌメヌメするピンクの粘膜を覗かせていた。

三本分の薬液が漏れそうになるたびに、喘いでいた芙美子はキュッとアヌスを引き締めて息を詰めた。

「どうだ。したくなったらここで出していいんだぞ」

昭吾が言いながら、芙美子の滑らかな下腹に手のひらを這わせた。

「ダメ……、触らないで……」

尻を高く突き出していた芙美子も、腸の妖しい躍動に立っていられず、ヘナヘナとバスタブにもたれかかったままタイルに膝を突いた。

美しく整った顔が苦痛に歪み、滲んだ脂汗に髪がまつわりついていた。そしてせわしい息遣いの合間に、グルグルざわめく下腹の躍動が昭吾の耳にも聞こえてきた。

「立てない……、トイレに連れてって……」

「ダメだ。ここで出すんだ。ちゃんとトイレで出すのを見せておけば、こんなことにはならなかったんだ」

昭吾はバスタブに座って勃起したペニスを突き出し、芙美子の顔を上向けた。そして髪を摑んで引き寄せ、強引にペニスを口に押し込んでやった。

「くっ……」

顔をしかめて含んだが、下腹に気をとられ舌を動かすことも忘れているようだ。昭吾が爪先を伸ばしてワレメを探ってやると、たった今ザーメンと愛液を洗い流したばかりなのに、もう熱くヌルヌルしていた。

足の親指を膣口に押し込み、昭吾は愛液をまといつかせてグリグリ蠢かせながら、腰を小刻みに前後させた。

「もっとベロを動かせ」

昭吾は苦悶する芙美子に容赦なく言い、ペニス全体にタップリと唾液をまみれさせた。

「ウウ……」

芙美子はしゃぶりながら呻き、しきりに腰をクネクネさせた。突き上がる便通にじっとしていられず、淫らなことにのめり込む余裕もないようだ。

そして少しでも気をゆるめたら、噴出がはじまってしまうのだろう。

しかし排泄を行なわなければ終わらないのだ。

やがて芙美子は喉の奥までペニスを含んだまま、頬をすぼめてチューッと強く吸いはじめた。愛撫ではなく、力を入れていなければアヌスがゆるんですぐに漏れてしまうからだろう。

しかしいくら我慢しようと、どちらにしてももう限界だ。

昭吾は見下ろしながら思い、喉の奥へピストン運動しながら快感に喘いだ。

やがて快感が高まり、昭吾は芙美子の髪をわし摑みにしながら激しくクチュクチュと律動した。

「グッ……！　アウウ……」

熱いザーメンが喉の奥へ飛び散り、芙美子はむせ返りそうになりながらも必死にグビリと喉を鳴らして第一撃を飲み込んだ。

しかし喉に気を回すのも一瞬で、続けてドクドクと溢れるザーメンはとても流し込めずにタラタラと口から滴らせた。

昭吾はペニスを引き抜き、さらにザーメンの溢れる尿道口を芙美子の鼻や頬にヌルヌルと塗りつけてやった。

「お、お願い……、もう許して……、トイレに……」

芙美子は熱い涙に頬を濡らし、飲み込めなかったザーメンで唇をドロドロにしながら哀願した。

しかし同時に、空気の漏れる下品な音が聞こえはじめた。

「あ……、あうう……」

芙美子は顔を歪め、昭吾の膝にすがりつきながら震えた。

昭吾はシャワーを出しっぱなしにしてやった。それでも芙美子の妙《たえ》なる排泄音はかん高く、バスルームに響きわたった。

「顔を上げろ。どんな気持ちだ？」

昭吾は髪を掴み、しきりに伏せようとする芙美子の顔を上向かせた。

「み、見ないで……、恥ずかしい……」

芙美子はタイルにしゃがみ込んだまま嗚咽し、何度か息を詰めて下腹の躍動に身を任せた。

ドロドロとタイルを彩るものはシャワーの勢いにすぐ洗い流されていくが、生々しい匂いは容赦なく籠もって二人の鼻腔を刺激してきた。

恵美と違い、三日分が一気に排出しようとしているのだ。それは見ている方も息詰まるほど長く続けられた。

昭吾は快感の余韻の中で、芙美子の喘ぐ口に向けてチョロチョロと放尿してやった。

「アグッ……、い、いじわる……！」

芙美子は慌てて吐き出し、放尿を避けるように昭吾の膝に顔を埋め、きりりと太腿に歯を立ててきた。

滑らかな前歯に肉をくわえられ、昭吾は心地よい痛みの中で芙美子のうねる肉体を見下ろしていた。

尿は芙美子の首筋から髪に染み込み、胸や背中へと這い回り、彼女の排泄物に混じって流れていった。

ようやく、排出も治まってきたようだ。

しかし突き上がる便通はまだやまないらしく、芙美子は少しも気を抜かずに息を弾ませて、喉の奥から呻きを洩らしていた。

芙美子が顔をズラすと、昭吾の内腿にクッキリと歯型がしるされ、ちょっぴり血が滲んでいた。

「どうだ。気持ちよかったろう？」

「……」

再び爪先でワレメを愛撫しながら言った。

芙美子は答えず、それでもようやく治まったアヌスの噴出のなごりに、せわしく呼吸を弾ませている。

ワレメはいっそうヌルヌルが多くなり、あまりの衝撃に今にもクタクタとタイルにくずおれそうになっていた。

「腹の中が綺麗になったから、また尻の穴にチ×チ×を突っ込んでやろうか」

「して……、何でも、好きなように……」

芙美子は喉から押し出すように、かすれた声で言った。

やがて昭吾は屈み込み、シャワーで芙美子のアヌスを洗い流してやった。

「あう！」

指でこすると、まだしみるようにビクッとして芙美子が声をあげた。

表情も虚ろで、もう今後は何をしようと芙美子は拒まないだろう。

昭吾は満足げに、完全に自分のセックスの奴隷と化した義母を眺めた。

そして念入りに洗ってからバスルームを出て身体を拭き、寝室に戻っていった。

「さあ、いくらでも突っ込んでやるから、最初はこいつでオナニーしてみな」

昭吾は仰向けになった芙美子にバイブを渡し、ペニスが回復するまで眺めることにした。

「ああ……、あなたがして……」

芙美子は喘いで言いながらも、ノロノロとあやつり人形のように、握ったバイブをヌレヌレのワレメへと押し当てていった……。

◎本作品は『母と姉　相姦地獄』（一九九四年・マドンナ社刊）を全面修正及び改題したものです。

二見文庫

義《ぎ》母《ぼ》の寝《しん》室《しつ》

著者　睦月影郎《むつきかげろう》

発行所　株式会社 二見書房
東京都千代田区三崎町2-18-11
電話 03(3515)2311［営業］
03(3515)2313［編集］
振替 00170-4-2639

印刷　株式会社 堀内印刷所
製本　株式会社 村上製本所

ISBN978-4-576-15025-3
http://www.futami.co.jp/

二見文庫の既刊本

永遠のエロ

MUTSUKI,Kagero
睦月影郎

昭和19年9月。帝国海軍飛行兵長「杉井二郎」は、優秀な飛行技術を使えず出撃待機の状態だった。海軍兵士の集う喫茶店の熟女・奈津の手ほどきで童貞を失った後、軍事教練指導のために赴いた高等女学校でも女教師、女生徒たちと関係を結んでいく……。官能界一のベストセラー作家による感動と官能の傑作書下しエロス！